寵物女孩 4

Kadokawa Fantastic Novels

——戀愛。

她似乎如此傾訴著……

第一章
櫻花莊的文化祭

1

成田機場的見習屋頂平台上，夕陽照射著面對面的神田空太與椎名真白。

「我是怎麼了？」

真白彷彿要壓抑住不安似的，緊緊地握著放在胸前的手。這個動作讓原本就帶著柔嫩纖細氛圍的她，變成更加虛無夢幻的存在。

「空太。」

「什、什麼事啊？」

平常總是清楚堅定的聲音，現在卻顯得有些微弱。

「這個……」

低著頭的真白臉頰泛紅。總覺得那不只是因為夕陽的關係。

「椎、椎名？」

空太明明想要說些別的，但是在真白那清透的雙眸注視下，最後還是只叫了她的名字。

「……」

一瞬間的沉默中，蘊含了難以忍受的緊張感，令空太不由得吞了吞口水。但即便如此，加速的心跳還是無法平息，而事到如今真白也停不下來了。

「這個……」

「……椎名。」

「莫非是……」

「……」

空太內心吶喊著「慢著」卻發不出聲音，反而是真白薄嫩的雙唇間發出了簡短的聲音。

「戀愛。」

聽來沉靜的聲音，當中卻帶著確信的口氣。空太的心跳加速，全身細胞都騷動了起來，感情一瞬間沸騰了。

「我、我……我……」

「說出來……快說出來……」不知誰在腦中不斷重複著。

「……空太？」

「我、我從以前……所以……那個……」

說出來。把自己的心情坦率地說出來……

「我……我對椎名！」

「我了解。」

「咦？」

所謂的了解，是指了解什麼？

「我很了解空太。」

「椎名……」

真白彷彿全身放鬆般露出自然的微笑，以憐愛的眼神看著空太。心臟狂亂跳動，一股雀躍的衝動一湧而上。

「我、我！」

「但是，我沒辦法回應空太的感情。」

正當空太想說出口的時候，真白以手勢制止了他。

「……咦？」

「為、為什麼啊！我、我們的……那個、心情不是一樣的嗎？」

剛剛真白說了什麼？

「是啊。」

「那、那麼為什麼？」

「為了成為喵波隆的駕駛，必須要有心酸的人生經驗。」

「……咦？」

真白究竟說了什麼？

「不過，已經沒問題了。」

「不、不，我覺得妳的腦袋很有問題。」

「藉由失去最重要的空太，消極電阻器就會順利地運轉。」

「嗯，果然非常有問題！」

「喵咕嚕星人就全部由我來打倒吧。」

「被這樣告白，我會感到很傷腦筋的！」

「那麼，再見了。」

「不、等等……！」

空太追上真白逐漸遠去的背影，抓住她的肩膀讓她轉過身來。

「咦？」

不知為什麼，原本應該是真白的人，就在剛剛一瞬間像變魔術一般，變成了大一屆的學姊上井草美咲。

「這、這是怎麼一回事？」

「太不乾脆了喔，學弟！你這個軟弱的東西！為了地球的未來，你就乾脆地被甩掉吧！」

美咲大大地將手揮了過來。

「啊、等一下啊，學姊！」

「我才不要！」

美咲很有男子氣概地回應，同時強烈的一巴掌打了過來，響起「啪」的一聲令人感覺舒暢的聲音。

「什麼跟什麼啊～～！」

空太對於太過莫名其妙的發展，邊喊著「什麼跟什麼啊～～」邊害怕得全身顫抖而回過神來。剛剛明明還在機場的見習用屋頂平台上，現在映入眼中的卻是自己那約三坪大小的房間。

水明藝術大學附屬高校學生宿舍「櫻花莊」當中的１０１號室。牆上豪爽地畫著「銀河貓喵波隆」的塗鴉，床上則是撿來的七隻貓很舒服似地睡著覺。

很顯然這是空太的房間。

「……剛才的那些都是夢，而現在的才是現實嗎？」

空太覺得有些慶幸又有些可惜，就是這種曖昧的感覺。

「話說回來，我竟然會站著睡覺，看來也不妙了……」

從醒來以後，空太就一直呆站在房間的正中央。他之所以對這件事並不感到不可思議，是因為為了文化祭而製作的「銀河貓喵波隆」開發到了最後關頭，他忙到已經一整個禮拜連睡覺的時間都沒有了。

他打了個大大的呵欠，大到眼淚都流了出來。

雖然才剛從夢的世界回來，總覺得一個不留神又會馬上睡著。

「不過，我到底在作什麼夢啊……」

雖然最近老想著製作遊戲的事，但沒想到喵波隆終於還是入侵到夢的世界裡來了……還有真白的事也一樣，擅自讓她在夢境裡登場，還讓她說那些話。而且，自從真白以前的室友麗塔到日本來要帶她回英國的那起騷動以來，就已經覺得夠尷尬了……空太想起連聲叫喊著「別走」，還在機場裡抱住她的事，就覺得臉上彷彿要噴火了。在作了這樣的夢之後，更是難以跟真白面對面了。

「學弟，你醒了嗎？」

空太揉了揉幾乎已經閉上的眼睛。出聲叫喚他的，是住在櫻花莊２０１號室的外星人上井草美咲。這麼說來，剛剛在夢中還遭美咲毫不留情地摑掌，應該說，現在左邊的臉頰還留有火辣辣的真實感覺。

「冒昧地請教一下，美咲學姊，您是怎麼叫醒我的？」

「用合乎一般地球人的風俗習慣啊。」

「地球上才沒有那種甩耳光把人叫醒的文化！」

「才不是甩耳光！是簽名的練習喔！」

雖然美咲經常都是這樣，不過她又說出了莫名其妙的話。

「簽名？」

「來，鏡子。」

空太接下精神飽滿的美咲遞過來的隨身小鏡子，心不甘情不願地看了看自己的臉。

「來～從正面看是這樣的感覺，不知您覺得如何？」

不知道美咲為什麼是用美容師的口吻，不過總之還是別過問的好，因為在這之前，還有令人更想吐槽的地方。

空太的左臉頰上印了一個紅色的手印。當然，美咲的右手也因為顏料而紅通通的。

「這叫簽名嗎？妳是橫綱嗎！還有，不要用鬥魂注入（註：接受前日本摔角選手安東尼奧．豬木摑掌而獲得鬥志及鼓勵，此行為被稱為鬥魂注入，又叫「鬥魂摑掌」）這種簽法！」

「能夠讓學弟高興，真的是太好了。」

「我並沒有感到高興，是被甩了耳光而正在生氣！」

「是學弟不好，誰叫你要站著睡覺。」

「無樹平原的長頸鹿也是站著睡覺！別瞧不起野生動物！」

「動物園的長頸鹿是以蹲姿彎著頭睡覺的喔！」

「那些傢伙是因為沒有外敵，所以才會這麼散漫！牠們已經喪失野生的尊嚴了！」

「我已經知道你們對長頸鹿很熟悉了，稍微安靜一點，我會聽不到聲音的。」

如此出聲說話的，是坐在電視前面確認畫面的三鷹仁——住在103號室的三年級型男，同時也是美咲的青梅竹馬。他的視線完全沒離開過畫面，正在進行「銀河貓喵波隆」劇情部分的除錯測試。

「還有，美咲趕快去學校。妳那邊不是還有宣傳之類的東西要準備嗎？」

「嗯！那我中午會再過來接你們，在那之前要完成喔！」

美咲才剛說完就跑了出去。為什麼她會那麼有精神呢？她應該跟睏到幾乎站著就能睡著的空太，還有每三秒就打一次呵欠的仁一樣都沒睡覺。莫非是搭載了無止境的能源裝置嗎？如果是這樣，還真希望能夠為了人類光明的未來，有效地活用這個永久裝置。

仁呆望著美咲走出去的門，像是自言自語地喃喃說道：

「沒想到竟然會是在公開當天完成啊……」

「是啊。」

空太回應著仁，在旁邊一屁股坐了下來。

今天是十一月七日。

也是自文化節那天開始舉辦的文化祭第五天。與大學聯合舉辦的水高文化祭長達整整一週的時間。

「銀河貓喵波隆」本來應該在十天前就要完成……不，正確來說，應該是依照計畫表，在十天前曾經一度完成。但是對於品質無法接受的美咲，說要更換已經完成的3D模組資料；而受到影響的真白，也開始擅自增加了劇情部分的鏡頭數量。就連應該要阻止她們的龍之介，也表示有想試試看的像數著色，因而延長開發時間……原本預定要在文化祭首日——十一月三日公開「銀河貓喵波隆」，卻到了文化祭第五天的早上還沒完成。

因此，櫻花莊的眾人睡眠時間日日縮減，就連從三日就開始的文化祭，也是一天都沒參加，一直窩在房間裡持續製作。

但是，這個漫長而痛苦的日子將在今天結束。「銀河貓喵波隆」再過幾個小時就要完成，也打算在今天公開。

話雖如此，眾人身體已經快不行了，憔悴不堪的心靈，現在就要向睡魔的甜美呢喃投降。

「仁學長。」

「什麼事？」

「我差不多想允許上眼皮跟下眼皮交往了。」

「總之，你先去浴室清醒一下。臉上的楓葉也要洗乾淨。」

「啊啊，說得也是。我已經完全忘了。」

空太還不能睡。仁現在所進行的劇情部分除錯結束之後，空太必須試玩才能確認戰鬥的部分沒有問題。接著，還要將結果跟從剛剛開始就不發一語地黏在空太桌上、專注地敲著鍵盤的龍之介報告，做最後的平衡調整。

如果這樣能夠達成令人滿意的難易度，這兩個月來拚了命專心投入的「銀河貓喵波隆」就算大功告成。

回想起來，這是一段感覺漫長卻又短暫的時間。尤其是進入十月以來，發生了許多事。

有時會因為戰鬥部分的樣式而與龍之介發生爭執。

「神田你想增加動作項目，這根本就無視客人的觀點，不過是開發者的自我意識。因此，駁回。」

像這樣被擊潰而無法反駁。有時則是因為無窮無盡地提出新構想的美咲無理的要求，而感到發火。

「如果全部都能做到當然是很好，但是已經沒時間了，辦不到就是辦不到！」

其他還有像是訂貨出錯、重製圖像資料、需要的機材沒送來等，突破了這許多失敗與問題，好不容易才來到現在只剩下一小步的階段。

空太回想著這些日子，並發出「嘿咻」的聲音從地上站起來，接著幾乎是閉著眼睛來到走廊上。

踩著搖搖晃晃的步伐，沿著牆壁來到廁所。空太完全沒考慮到裡面有沒有人之類的問題，毫不客氣地打開廁所的門。

「啊！」

他因為聽到短促的尖叫聲而抬起頭，接著便與住在２０３號室的青山七海四目相交。背對著門口的七海只將上半身轉過來，雙手抱住肩膀般遮掩著胸前。她的身上沒有穿任何衣物，完全是一絲不掛的姿態站在體重計上。脫下的制服上衣跟裙子，在地板上堆成一座小山。而之後脫下的衣物大概是繼續堆在上頭吧？最顯眼的山頂，是成套的水藍色內衣。

「神、神田同學？」

語調變回關西腔的七海，啞然睜大了眼睛。

「早、早啊。」

再熟識的關係也該講求禮節。總之，先打個招呼。

「……」

但是很遺憾的，七海並沒有回應，反倒是那發育健全、帶點圓潤的少女身體微微顫抖，並深深地吸了口氣。

「哇～～！等一下，青山！」

空太出聲制止與七海的尖叫幾乎同時響起。

「哇啊啊啊啊啊啊啊啊啊！」

真不愧是想當聲優的人。打從肚子發聲的尖叫令空氣為之震撼，魄力滿分。

要是沒有迅速地摀住耳朵，腦袋說不定已經發昏。

「不、不要看～～！」

滿臉通紅的七海把手邊的洗滌衣物丟了過來。

感受到危險的空太，空手奪白刃般接下了飛過來的東西。

「很好。」

「不、不准接住～～！」

「啊、糟了！」

在這種時候應該要乖乖地被擊中，然後逃跑離開才對。

「抱、抱歉！」

七海因為憤怒以及羞恥而全身顫抖，再度發出尖叫聲。

「哇啊啊啊啊啊啊啊！」

「真的對不起啦！」

空太慌慌張張地關上廁所的門，隔著門再次向七海道歉。

「對不起！我不是故意的！」

「如、如果這樣就能被原諒，就不需要警察了！」

「妳說得很對……不過，外面並沒有掛著女性使用中的牌子喔？」

「嗚……那、那是……那個……因為本來沒打算脫的……」

「啊？那為什麼會是裸體呢？」

這麼說來，她剛剛好像是站在體重計上。應該可以想像得到是什麼原因。

「跟、跟神田同學沒關係。」

「一套制服跟內衣褲有差一公斤嗎？」

「我、我才不是因為很久沒量、體重稍微增加了，就怪罪到衣服上喔。而、而且我本來就沒變胖！只是錯覺而已……」

看來七海真是拚了命。大概是就算脫得一絲不掛、扣掉制服的重量還是無法達到理想的體重吧……

「據說有個都市傳說，如果用單腳站著量會變輕喔。」

「……」

空太給了個沒有人會相信的建議，七海突然安靜下來。

「……青山？」

「神、神田同學是騙子！根本就還增加了！」

「該不會是因為妳站的重心偏了吧？」

空太一邊毫無意義地解釋，一邊想像那個認真的七海單腳……而且還是裸體站在體重計上的樣子，忍不住噗嗤笑了出來。

「不、不准笑！」

看來對七海而言，體重計上的刻度非常重要。

過了一會，廁所的門從中間被打開，穿好制服的七海一臉不愉快地走了出來。不，說不定只是因為害羞而已。

「你的臉是怎麼回事？」

七海指著空太臉頰上的手印。

「受到外星人的攻擊了。」

七海沒再追問，大概是覺得就算問了也只是徒增頭痛而已吧。

「呃……剛剛很抱歉。」

「那件事就算了……雖然不能說算了……沒掛上女性使用中的牌子是我的疏忽……雖然不是無所謂……但這又是我的錯……」

七海的嘴噘得越來越厲害，以帶著責備的眼神望過來。

「既然這樣，能不能請妳不要露出那個表情？」

「我本來就長這樣。」

她到底是因為什麼而感到不愉快呢？

「青山同學是對於空太明明看了她的裸體，卻沒惡虎撲羊而感到不滿啦。」

打著呵欠走過來的是仁。他搶先一步占據了廁所，嘩啦嘩啦地洗起臉來，大概是來消除睡意的吧？

接著他擦拭著臉，說出這樣粗魯的話：

「不過，對於一個十六年來從沒交過女朋友的青少年，要期待他突然就衝到本壘，的確是太過苛刻了。」

「什、什麼本壘！三鷹學長，請不要說這種話！」

「那麼，上床。」

「更、更糟糕啦！」

連耳朵都紅了的七海發出抗議。當然，仁漂亮地充耳不聞。

「思春期的男孩子啊，單純到光是被女孩子握住手就會喜歡上她，妳要不要從這方面開始嘗試看看？」

仁將剛剛拿下來的眼鏡戴回去。

「你從剛才就在說些什麼啊！況且，我覺得自己也沒單純到那種地步！」

「聽到了吧？總覺得空太好囂張自大，所以之後就交給妳了，青山同學。」

仁攪亂了一池春水之後，再度打了個呵欠，並窩回正在進行除錯的空太房裡去了。

「那個人真是的……對吧？青山？」

「……」

七海一副認真的神情，直盯著自己的手掌心。

「喂～青山～」

「什、什麼事？」

回過神來的七海，明顯將視線從空太身上別開。

「妳沒事吧？」

「嗯、嗯……我好得很！」

總覺得怪怪的。

「對、對了，神田同學，是該把真白叫醒的時候了吧！」

「啊、啊，說得也是。」

「好了，動作快一點！」

空太被七海催促著，結果也沒進浴室洗臉，就為了把真白叫醒而走上樓梯。

二樓正中央——202號室是椎名真白的房間。

走到門前的空太，姑且敲了一下門。

「……沒回應。」

看來真白只是完全在睡懶覺而已。

「我要進去了喔？」

還是沒有回應，空太於是打開房門。今天地板上的衣服還有內衣褲，依然雜亂到令人覺得爽快的地步。空太小心翼翼地移動腳步往裡頭走去，搖了搖蜷曲在桌子底下奇異動物的肩膀。

「椎名，起床了。」

「……讓給空太。」

「我已經起床四十八個小時了！」

真白一臉不滿地抬起頭，改成趴臥的姿勢，從桌子底下蠕動著鑽出來。

「天亮了。早安。」

「……」

真白依然不發一語地直盯著空太。

「幹、幹嘛啊？」

在那樣的目光注視下，總會令人心跳不已。再加上一個月前發生了那件事……空太一直很在意那時真白在機場的見習用屋頂平台上所說的話。

只有最後那句話因為飛機的噪音而沒能聽清楚，雖然在那之後也沒辦法再問，但總覺得真白說了「——戀愛。」這句話……就算告訴自己不要去想，但畢竟感情是無法控制的。

即使因為忙於文化祭的準備，沒時間去想太多，但是像這樣只要一有機會，空太就會立刻回想起來，變得沒辦法正面看真白的臉。

真白伸手摸了空太的臉頰。

「美咲的簽名。」

「咦？為什麼妳會知道？」

真白伸手拿了放在桌上的一張色紙。上頭是很像女孩子的小手印，以及用毛筆寫下的豪邁字體「上井草美咲」。這完全就是橫綱的簽名。

「這是怎麼回事？」

「美咲給我的。」

「……這樣啊。」

算了，就別問理由吧。反正不管是真白或是美咲，一定都沒什麼了不起的原因。

「椎名，沒時間了，馬上換衣服吧。」

空太拿了一套制服給真白。還在茫然狀態的真白，就在空太面前開始解開睡衣的釦子。

「我說的馬上不是指現在的這一個瞬間！就算我這麼說，妳大概也沒聽進去吧！」

空太假裝冷靜地轉過身，嘆著氣逃出了房間。他關上房門，背靠在門上。

「唉……怎麼好多事都很累人。」

然後再次發出深深的嘆息。

空太將視線從肩上無力感的罪魁禍首移開，在等待的期間，開始回想應該要做的事。

今天是文化祭的第五天，星期日。之所以會選在這天做為喵波隆的公開日，是因為假日來學校的人比較多。

而且，只公開一天是因為櫻花莊並沒有取得文化祭的參加意願許可。

「不過，這也沒辦法啦……」

曾經有過取得參加意願許可的機會，因為身為執行委員的七海向學生會以及大學學生會接洽，準備好了提報的地方。不過，由於出了許多差錯，結果空太拋下了提報的工作。

雖然在那之後，還是姑且低頭拜託再給一次機會，但是對方並不買單。

「果然不應該對學生會長說『吵死了！給我閉嘴！』嗎……」

正當空太在思考這些事情的時候，真白的房門從裡面打開了。

「喔。」

空太被房門推擠，移開後回過頭去。

穿著制服從房間裡走出來的真白，不知為何兩手上各握著一片薄薄的布塊。

「那是什麼？」

「內褲。」

「看就知道了！」

「空太，你覺得哪個好？」

拿在真白右手的，是有輕飄飄蕾絲、看來既清純又性感的純白色內褲；而左手拿的則是強調可愛，剪裁卻是危險冶豔、帶著情色感覺的粉紅色內褲。

至今幾個月當中，空太應該已經能夠完全掌握真白所有的內褲，但他卻沒看過這兩件。

「我說，這內褲是怎麼回事？」

「決勝內褲。」

現場空氣凍結了。

「……」

「……」

「妳說什麼？」

「決勝內褲，空太。」

看來應該不是聽錯了。

「為什麼會在這個時機點出現決勝內褲這種東西啊！」

「今天是重要的日子。」

「妳要決勝負了嗎！」

「……」

真白注視著空太。

「該、該不會……」

「沒錯，就是那樣。」

「妳、妳打算要告白嗎？」

空太因為自己所說的話忍不住臉紅，並且把臉別開。一個月前發生在機場的事，還有今天早上作的夢，此時在腦海中交互再現，心中動搖得更厲害了。

「今天是喵波隆的公開日。」

但是真白所說的話，卻是讓人忍不住垂頭喪氣的內容。

「咦……妳說重要，是指這回事？」

「喵波隆很重要。」

「不，那是很重要沒錯啦。」

「所以要穿決勝內褲。」

「雖然應該也是有為了繃緊神經的決勝內褲，不過妳不要用這種會讓人誤會的說法好嗎！

應該說，妳絕對是弄錯意思了！」

「重要的日子裡穿的內褲，就是決勝內褲喔。」

「算了……那麼，那個內褲是怎麼回事？」

看起來還是新的，應該還沒穿過。

「麗塔給我的。」

真白轉過頭去，看著房間裡的小包裹。對了，真白在英國時的室友、大約一個月前寄住在櫻花莊的麗塔，昨天寄了東西來，看來內容物就是決勝內褲。

什麼不好送，偏偏送來這樣的東西。

「麗塔告訴我的。」

「……妳說決勝內褲嗎？」

「嗯，她說重要的時候要穿。」

「……這樣嗎？」

雖然不清楚麗塔有什麼意圖，但是真白的理解大概與正確答案碰不上邊。

「空太，哪件好？」

真白隨意把兩件內褲拿到空太眼前。

「我說妳啊，內褲不是已經穿在身上了嗎？」

「沒有穿啊。」

「為什麼！昨天從浴室出來的時候應該已經換過了吧！總不會是到了早上就自然消滅了？這是什麼推理小說啊！」

「跟睡衣一起脫落了。」

「是妳脫掉的吧！」

「也可以這麼說。」

「是只能這麼說啦！」

「那麼，哪一件？」

「那、那種決勝內褲我哪選得出來啊！況且，為什麼要我選啊！」

「平常都是空太挑選的。」

「像這樣被說出來，真覺得我是相當的變態啊！」

「我會穿你喜歡的那件。」

「我的喜好根本就不重要吧！」

「很重要。」

「那如果我選了，妳就會讓我看嗎？」

「看了要做什麼？」

「就會興奮啦！」

「空太已經很興奮了。」

「妳以為是誰害的啊！」

「除了我以外的某人吧。」

「不，就是妳害的！」

真白看來似乎不太懂空太所說的話，一臉不解的神情歪著頭。

「反正，妳自己選吧。」

真白看了看右邊的內褲沉思了一下，又看了看左邊的內褲並歪著頭。接著，她把兩件內褲都丟到房間裡去。

「真麻煩，那就算了。」

「不准做這種選擇！粉紅色那件！給我穿粉紅色的那一件！」

空太走進真白的房間，從地板上撿起粉紅色的內褲遞給真白，心裡同時還思考著男孩子把決勝內褲交給女孩子，這到底是怎麼一回事……

「喜歡粉紅色的話，一開始就這樣說不就好了。」

「煩、煩死了！」

「空太，你的臉好紅。感冒了嗎？」

真白這麼說著，迅速地把臉靠了過來，把自己的額頭貼在空太的額頭上。

因為過近的距離而瞬間沸騰的空太，慌張地向後閃開。

「空太，臉好燙。」

「還不都是妳害的！」

「為什麼？」

「因為，那、那個！我好歹是個男孩子！而妳是個女孩子！椎名實在太沒防備了！對我做出像剛才那樣的事，妳覺得我會有什麼感覺！」

空太由於情勢所逼，連不該說的話都說出來了。

「你有什麼感覺？」

真白面無表情地如此問道。

「誰、誰知道啊！」

「空太好怪。」

「……當然會變得很怪。」

空太小聲地嘀咕著承受不了的情感。

「空太是……」

「什、什麼啦！」

他依然背對著真白，粗魯生硬地回答。

「空太是男孩子。」

「……」

「我是女孩子？」

「那、那是當然的吧。」

「……嗯。」

到最後空太還是沒看到真白臉上是帶著什麼樣的表情。

「真白！我們差不多該去學校了！」

樓下傳來七海呼喚的聲音。

「該走了。」

「喔、喔。」

2

空太目送真白與七海出門之後，為了消除睡意而到浴室裡泡澡。雖然已經洗掉美咲的手印簽名，但卻沒辦法完全除去睡意。

即使如此，空太還是在覺得狀況有好一些後便離開浴室，回到自己那儼然已經變成除錯室的房間。

他坐在仁的旁邊，對於有節奏地切換的劇情部分畫面進行確認。乍看之下版面設計或方框切割像是漫畫，但是活用FLASH的特性，擴大縮小、滑動、配音、效果音、ＢＧＭ等都加了進去。是相當豪華的成品，感覺介於動畫與漫畫之間。

「我說空太啊……」

「什麼事？」

「今天已經是文化祭第五天了呢。」

「是啊。」

「我們連一天都沒去過呢。」

「是啊。」

「你知道嗎？昨天有校園美女選拔喔。而且，今年還是在室內游泳池舉辦，所以當然是穿著泳裝。」

「聽說第一天有現在成為話題的偶像樂團，在禮堂舉辦現場演唱呢。」

「大學戲劇學部好像自願辦擬似戀人咖啡廳，聽說在店裡面會扮演成客人的女朋友喔。麻美學姊還邀我去玩玩呢。」

「商店街的節目也很帶勁，攤販似乎很棒喔。據說橋本烘焙坊要第一次展示『至高菠蘿麵包』呢。」

「真想邊逛邊吃啊。炒麵、大阪燒、章魚小丸子、關東煮……今年似乎從各地找來了平價美食呢。」

「啊～～啊，我本來想去看昨天的特別演講，可以聽到水明藝術大學出身的遊戲開發者——藤澤和希的演講耶？今年我們的文化祭，應該也辦得很熱鬧吧……」

「……哈哈，不過現在這個時候跟我們一點關係都沒有。」

「就是說啊。要趕快完成喵波隆……總覺得越來越空虛了，能不能就此打住啊，仁學長，我都開始想哭了。」

「好，以後就不提文化祭的話題了。」

即使說著多餘又囉唆的話，空太與仁仍然準確地進行除錯作業。證據就是他們的眼睛從來沒離開過畫面。

「那麼，你跟真白之間發生了什麼事？」

對於這無懈可擊的突襲，空太狼狽地猛咳了起來。不過倒也很快就恢復了。

「最近怪怪的喔。」

「椎名一直以來都是怪怪的。」

「我說的是空太。」

「有、有嗎？」

「總覺得～很彆扭的感覺喔？」

「彆扭？」

「確實有。」

就連一直悶不吭聲地敲著鍵盤的龍之介也插嘴。

「更正確地說，你看起來像是拚了命在隱藏自己過度在意真白的事。」

仁準確地指摘出來。

「既然都知道我拚了命在隱藏，就不能放著我不管嗎！」

「不可能吧。」

「為什麼！」

「你想想看，眼前正好有個青澀地獨自煩惱得團團轉的有趣傢伙，當然會想要趁機調侃一下吧。」

「嗚哇～～！請不要再做那麼精闢的分析了！」

「或者該說看到你的青春，背脊就癢了起來，所以得這麼做才能鎮定下來。明白嗎？」

「那、那麼，仁學長難道就不會意識到美咲學姊嗎？」

「看到臉就覺得害羞的時期，早就已經過很久了。其他也有過像是不講話的時期呢。記得大概是國一的時候吧？有半年左右的時間，因為莫名其妙的固執，我完全不主動跟她講話。」

還以為會被岔開話題，沒想到仁卻一口氣說了一大堆。

「我從懂事以來，就一直覺得跟美咲在一起是理所當然的，周遭的人也都這麼認為。不過當我開始意識到美咲是女人的瞬間，就突然開始討厭起這種關係了呢。」

「青梅竹馬究竟是什麼樣的感覺啊？」

「太過接近而遙遠的存在吧……」

「好像很深奧啊。」

「我只是隨便說說的。」

仁彷彿要隱藏真心話般輕輕地笑了。

「我哪知道美咲對我而言是什麼啊。我們一直都在一起耶。就連能回想起的最久遠記憶裡，都已經有美咲的存在了。如果翻老家的相簿，不管哪一頁都一定會有跟美咲合照的相片……那傢伙就是如此。」

「不過，跟家人又不一樣吧。」

仁完全把美咲視為異性，而這點美咲也一樣。

「所以才麻煩啊。」

「你今天很健談呢。」

「如果沒說話我就會睡著囉。我可以睡了嗎？」

仁為了消除睡意而站起身，大大地伸了懶腰。

「當然不行。你在說什麼蠢話啊。」

空太才這麼說，仁就把眼睛閉上。一秒鐘後傳來睡著的呼吸聲。

「仁學長，請不要站著睡覺！」

仁立刻張開眼睛。

「嗯？喔喔，真抱歉。那麼，我就恭敬不如從命，躺在床上睡囉。」

「你解釋得太正面了吧！不行啦！現在要是到床上睡，會回不來的啊！」

仁完全沒聽進去，在床上躺成大字型。

「那麼，剩下的就交給你了，空太。」

「不行啦！接下來才是重頭戲啊！」

「無所謂啦，所謂的祭典就是在準備的時候最開心了。我已經充分享受過文化祭了。況且，叫我不要站著睡覺的人是空太吧。」

「我不是叫你躺下來睡覺的意思！」

「喂喂，對學長講話太沒禮貌了喔。」

「我也是睏到快不行，口不擇言了。」

「不如你就用這種氣勢，去撲倒真白如何啊？」

「這句話我要原封不動地還給仁學長。」

「我可以撲倒真白嗎？」

「是撲倒美咲學姊啦！」

「無聊的女人話題要延燒到什麼時候？」

龍之介再度唐突地插話。

「這可是這世上最重要的事喔。」

仁發出「啃」的聲音起身。

「龍之介又怎麼樣了呢？跟麗塔還順利嗎？」

「請你聽我說啊，仁學長。」

「空太，我問的對象是龍之介耶。」

「赤坂把麗塔的信件全都交給女僕回信耶。搞得她每天都來向我抱怨！」

雖然麗塔的文字非常地客氣，但整體另有含意，幾乎都帶著刺人的氣氛，彷彿可以看見帶著微笑用力敲打鍵盤的麗塔就在眼前……

「告訴她，光是沒有拒絕收她的信就應該要偷笑了。」

「那你為什麼不拒絕收信啊？」

「為了不讓素材上傳產生問題，我已經是仁至義盡了。」

麗塔依照約定幫忙喵波隆的開發，現在空太與仁看的所有劇情部分的背景，全部都是麗塔畫的。

「嗯，你就是這樣的人。」

「喂，龍之介難道沒有喜歡的人嗎？」

「沒有。」

「那要不要跟麗塔小姐交往看看？那樣的美人不常見的喔。胸部也很大。」

這一點倒是不假。

「沒興趣。我討厭女人。」

「我之前就覺得很不可思議了。赤坂的那個毛病，是有什麼原因嗎？」

看起來也不像是因為對女孩子沒有免疫所以才不喜歡的。就算這樣，也不至於被異性碰到就無緣無故昏倒吧。

「那跟神田沒關係。」

「這樣嗎？」

「那麼，你也不會想交女朋友嗎？」

「不會。」

「真厲害，空太就想交吧？」

「嗯，就一個健全的男高中生而言。」

「那是身為雄性正常的證明。龍之介也沒性慾嗎？」

「吃番茄就能抑制。」

「番茄才沒那種功能！大概吧。」

「閒話就到此為止。完成了。」

「你說完成了……」

「神田，這是最後的試玩了。」

「好，交給我吧！」

3

時鐘的指針指向十二點。

空太房間裡的電視機螢幕上，也在同一時間出現「完結」的文字——那是片尾字幕的最後畫面。

「神田，這樣可以了嗎？」

因為睡眠不足而看來眼神兇狠的龍之介這麼問了。仁也盯著空太。

「嗯，我覺得可以了。完成了……」

這一瞬間，仁打了呵欠並伸伸懶腰，仰躺在床上。

「太好了～終於完成了。啊～好累～」

「呼……真是漫長。」

龍之介吐出帶有安心與成就感的吐氣。

空太還沉浸在完成作品的餘韻中時，耳邊傳來緊急剎車的聲音。聲音非常接近，應該就在櫻花莊的前面。

「美咲來接人了吧。」

仁帶著疲倦的表情露出了苦笑：「連休息的時間都沒有呢。」

龍之介則是就這樣坐在椅子上睡著了。

「快起來，赤坂！趕快到學校去！」

時間已經稍微超過十二點了。

喵波隆的公開，預定在大學的共有設施劇場裡舉行。然而沒有人使用的空檔，就只有十二點半之後的一個小時而已。之前是影像學部使用，之後則是排了電影研究會的上映節目。

如果文化祭的參加意願經由正規的程序獲得同意，就能夠擁有自己完整的時間。只可惜空太他們並沒有得到許可。

所以，他們只能在空檔時間占據劇場，在一個小時的限制時間裡完成準備，以游擊戰的方式把作品公開，並且迅速地撤收。

現在必須儘可能快速地前往現場。

櫻花莊的所有成員應該都知道這件事，但龍之介卻連從椅子上站起來的動作都沒有。

「……我不用了，剩下的就交給神田了。開發機材的配線還有啟動方法，你都還記得吧？沒有問題，神田一定做得到。」

自從開發機材送到房間以來，幾乎每天都使用，就算不願意也會記得。但是也不能因為這樣就讓龍之介睡覺。都已經走到這一步了，想要一起做到最後——這是空太現在的想法。

空太關掉開發機材的電源，拔掉所有線後交給了龍之介。

「你也一起來。」

「現在我的當務之急就是睡覺。再這樣繼續讓腦細胞的犧牲擴大，並不是理性的判斷。」

「誰管你，過來就是了！」

空太抓著龍之介的手，把他拉到房間外面。

「放手，神田。文化祭是女孩子們鬧哄哄的危險地帶。帶我去是想殺了我嗎？」

「我會保護你的，放心吧。」

「雖然這是我想嘗試看看的台詞，不過還真希望對象僅限於女孩子。」

仁說出這樣的感想，將冰箱大小的開發機材放到推車上，送到房間外。

車子的喇叭聲彷彿在催促他們般響了起來。

「快一點～～！」

不，連美咲的聲音都聽得到了。

「換衣服，然後在玄關集合。」

仁回到自己的房間去。

「了解！赤坂也快一點！脫了喔！」

空太語帶威脅，拉扯著龍之介的T恤。

「不、不用了，我自己會換。」

臉微微泛紅的龍之介逃回自己的房間。

空太也迅速地脫掉褲子，一邊換上制服，一邊確認有沒有把什麼東西忘在房裡。開發機材、連接線類、啟動用的筆電都已經準備好了，剩下的只要成員在就應該沒問題。

這時，再度傳來美咲催促的喇叭聲。

「再不快點，就要開車撞進去了喔！」

「馬上就來！」

空太叫喊著來到走廊上，仁與龍之介也走了出來。男生換衣服一下子就好了。

「那麼，走吧。」

「好！」

空太穿上鞋子，走在前面推著手推車；一臉不滿的龍之介跟在後面。最後走出來的仁鎖了門之後追了上來。

停在櫻花莊前的休旅車傳來美咲的聲音。

「東西放在最後一排！」

空太將第三排座位折疊起來，與龍之介合力將機材連同推車塞到空出來的車廂裡。接著，空太與龍之介坐進第二排的位子。

然後是仁坐上副駕駛座。仁在用力關上門的瞬間，發出了感到驚愕的怪聲。

「妳那是什麼打扮啊……」

車子立刻朝學校出發。

握著方向盤的美咲，確實是一副誇張的打扮。

「很棒吧？是兔美眉喔！」

身體曲線展露無遺的緊身衣，刺激感官的黑色網襪，加上性感的高跟鞋。兔耳朵造型的髮圈彈跳著。

不管怎麼看都是兔女郎，不是兔美眉。

「我說妳啊……」

仁無力的脫下運動上衣，披在美咲肩上。

養眼畫面終了。

「學姊……為什麼是兔女郎？」

在仁的面前還真不知道該把視線往哪擺。美咲踩油門的腿十分妖豔，然後一個不留神就會被吸進越過肩膀可以窺視到的乳溝裡去。

「美術科所有學年合辦森林的作品展喔！我今天負責擔任嚮導。」

「那還真是挑逗煽情的森林嚮導呢……」

「好歹用腦袋想一下吧……妳的服務精神未免也太旺盛了。」

「有什麼關係？很可愛吧？」

看來美咲並不了解仁擔心的意思。

「就是可愛才有問題啊……」

仁嘆了口氣。

「怎麼辦？學弟，被仁稱讚可愛了。」

「真是太好了呢。」

「嗯！」

「您真是有操不完的心啊。」空太想著等一下再跟仁這麼說吧。雖然大概沒有什麼安慰作用就是了……

「對了、對了，最後一天小真白要擔任森林的嚮導，學弟一定要來玩喔。」

「咦？椎名嗎？那……那、那麼要穿這個嗎！」

「小真白是貓娘的服裝喔。」

「聽起來雖然完全像是妖怪，不過應該不是吧？說不定是貓版兔女郎——貓女郎吧？雖然不知道有沒有這種說法就是了。」

「你就從現在開始期待吧，學弟！試穿衣服的時候我看過了，小真白真是超可愛的啦！我都流鼻水了呢。」

這種時候應該是要流鼻血吧。撇開這個不談，真白真的會穿上像美咲現在穿的危險服裝嗎？如果是真白，好像會照別人所說的很平常地穿上。況且，聽起來似乎在試衣服的時候已經穿過一次了……

如果真是這樣，老實說是很想看。不過，又不想被其他人看到。之後再跟真白耳提面命一下吧。不過，要是她本人樂在其中的話，搞不好會說：

「空太好煩人。」

不，就算會被這麼說也無所謂。總比讓穿著挑逗服裝的真白暴露在大眾眼前要好多了。

空太充滿睡意的腦袋想著這些事，坐在旁邊的龍之介靠了過來。他閉著眼睛，發出深沉睡眠的呼吸聲……

「我也忘記要睡覺了。我想稍微打個盹，到了請把我叫醒。」

空太毫無防備地打了個呵欠，這時車子因為紅燈而緊急剎車。空太與龍之介兩人的頭同時撞上前面的座位。

「拜託請安全地駕駛！打個盹差點就要變成永遠的安息了！」

龍之介睡昏頭，說了「怎麼了？是哪個國家的攻擊？」之類會引起騷動的話。

「有好消息要送給愛睏的學弟！來，喝這個！仁還有Dragon也是！」

美咲俐落地分給空太、仁還有龍之介的，是大小正好可以握在手裡的瓶子。標籤上寫著「營養滿分！帶您至極限另一端的最後一瓶」。

「這是什麼啊？」

綠燈亮了之後，車子再度輕快地動了起來。

「這是可以恢復ＨＰ的魔法藥喔。」

「不、不，上面寫著帶您至極限的另一端耶？這可是會讓人突然醒過來的廣告詞耶！」

保險起見，正想先看看成分，這時價格的標籤突然映入眼簾。

兩千五百圓。

「好貴！這什麼啊！咦？不會吧！」

「這我請客，趕快咕嚕咕嚕喝下去吧。」

「我還不想到極限的另一端，要請客的話，不如請牛肋排、上等牛肋排或者特上等牛肋排都要來得好一點！」

「都叫你別囉嗦，喝就是了。」

仁就這樣看著前方一飲而盡。

「不、不要緊吧？」

「之前喝的時候，大概只有三個小時身體輕盈得跟長了翅膀一樣。」

仁看起來好像是在乾笑，是自己多心了嗎？

「……過了三個小時之後，會變得怎麼樣？」

「會睡得跟死了一樣而已啦！」

透過後照鏡可以看到美咲滿臉笑容。

「那個、真的會醒過來吧？」

不過，既然仁都喝了，也只能相信沒問題了。

在旁邊的龍之介面無表情地喝掉了。

「那麼，我也去拜見一下所謂極限的另一端吧……」

扭開蓋子後，一陣微微的香甜撲鼻而來。將嘴湊上瓶口，甜味更加濃郁了。閉上眼睛，液體一口氣流過喉嚨，像小時候喝的感冒藥水的味道。並不難喝。

「如何啊？學弟。情緒開始沸騰了嗎？」

「哪有那麼快……」

不，怎麼回事？是心理作用嗎？總覺得身體熱了起來。

「好像開始充滿活力了！」

「就是這樣，學弟！」

「現在的話，應該可以跟上學姊的鬥志！我辦得到！」

「不過，美咲的驚人之處，就是不用喝也可以維持這個狀態。」

不愧是外星人，底子完全不一樣。是經常處於極限的另一端嗎……難怪總覺得跟不上她高昂的情緒……現在完全理解了。

在這樣你來我往之際，有一瞬間車內的對話中斷了。突然回過神來時，空太察覺到自己下腹部的異常變化。開始心神不寧了起來，握著營養劑空瓶的手微微顫抖著。

看來應該是緊張吧？

這也難怪了。對空太而言，「銀河貓喵波隆」是值得紀念的一個作品，而今天就要請客人來玩玩看了。

「不知道會不會有人來。」

為了躲避文化祭執行委員、學生會以及教師的監視，實在沒辦法在校內大肆宣傳。

「沒問題的啦，學弟！昨天我去買東西的時候，橋本烘焙坊的大叔對我說，我們可是備受紅磚商店街的期待呢。而且我從早上就偷偷確實地宣傳了，所以不用擔心喔！」

「反而應該要擔心如何處理從會場滿出來的客人。」

龍之介非常冷靜。

「赤坂……你是想像了什麼樣的狀態？」

「劇場裡人多到像垃圾一樣的狀態啊？」

他還一臉「不然還會有什麼？」的表情。

「你真是厲害啊。」

「你也稍微想一下開發成員的豪華程度吧。這樣是理所當然的，門可羅雀的可能性是百分之零。」

「不，呃，雖然我是知道啦……」

「如果你那麼不安，那就來趁勝追擊一下吧。」

龍之介拿出智慧型手機，以熟練的手勢開始操作。

「你在做什麼？」

「我已經登入文化祭執行委員用來提供資訊的Twitter系社會性服務網路，把資訊散發出去了。放心吧，對於執行委員或學生會，我已經讓他們的終端無法連結了。」

「我擔心的是，你怎麼會知道那個密碼啊？」

「安全防護很脆弱，女僕花了五分鐘就破解了。」

看來自動郵件回信程式ＡＩ，終於也能當上駭客了。之後究竟會繼續成長到什麼地步呢？該不會哪天就開始失控，征服世界了吧？真是令人覺得不安。

「如果是這樣，說不定需要想出排隊入場的對策。」

不知道是不是營養劑的效果出現了，仁與龍之介都一副生龍活虎的樣子。

「會覺得不安的只有我嗎？」

畢竟在這當中還沒有作品問世的就只有空太，所以有這樣不同的反應也是理所當然。

「咦～～為什麼～～？學弟，你覺得自己做了很無趣的東西嗎？」

「不，並不是那樣。」

否則也不會到今天這關頭還在做平衡的調整。

有種終於完成了的感覺。

「也不是沒有自信……只是，又不知道來玩的客人們會不會覺得開心。」

「那倒是。」

仁第一次同意空太的看法。

「我覺得繪畫層級超高，故事也很棒。當然戰鬥部分也是……」

「我也一樣會想很多。不過啊，不覺得這樣很快樂嗎？很興奮吧？『花了兩個月做出來的東西，怎麼樣啊！』要這樣給大家看了喔？這一瞬間真是開心得不得了。」

原來是這樣，這個心神不寧的感覺原來是來自這個……這種緊張感並不只有害怕或恐懼，事實上還覺得很快樂。

「就是這樣，學弟！樂趣從現在才正要開始而已！」

車子從大學的後面……成為通行入口的西門衝進校園內。

一進入西門，眼前就是目的地劇場。正面入口人潮眾多混亂不堪，實在沒辦法停車。

「唔哇，這是怎麼回事……好多人。」

「因為我在剛剛發散出去的訊息上寫了上井草學姊的名字，大家會如此騷動是當然的。」

「真厲害……我只能這麼說了呢。」

「就是說啊。」

不同於含糊地同意空太意見的仁，名字被拿出來用的本人沒有反應。美咲集中注意力開車，將車子開進搬運器材用的裡側，停在感覺非相關人員禁止進入的入口。

四個人迅速地下車。龍之介將開發用機材搬上推車，率先從後門進入劇場。

打算立刻追上去的空太，因為看到從會場滿出來的觀眾而停下腳步。隨著空太等人的出現，裡側的入口也被發現，人潮逐漸湧了過來。

「仁學長，得趕快想個辦法。」

「怎麼辦呢……啊，找到幫手了。」

「咦？幫手？」

「咦？那不是學生會長嗎？」

仁的目光朝向企圖阻止湧出人潮的某人背影。

不知道是不是注意到空太與仁的視線了，學生會長轉了過來。

「三鷹！我沒有同意櫻花莊的參加意願許可！立刻停止！神田空太也聽到了吧！」

「咦？為什麼連我的名字都記住了？而且還是全名！」

「要是在地盤學生會室被罵『吵死了！給我閉嘴！』一般都會懷恨在心的吧。」

「說得也是……這就是人類嘛。那麼，這個情況要怎麼辦？」

「那當然就是這麼辦。」

仁說完大大地吸了口氣，對著滿出來的人潮說：

「沒辦法進入劇場的人，請遵從那邊帶著學生會臂章的工作人員指示！」

「什麼！三鷹！」

眼看學生會長的臉逐漸漲紅，瞬間就被圍過來問該怎麼辦的人群給吞沒。

「會長，接下來就交給你了。」

仁向學生會長揮揮手，不過學生會長大概看不到吧。仁毫不在意地進入劇場裡，空太在後頭跟了上去，一邊上鎖，一邊在心中向學生會長道歉。

「……仁學長，你是惡魔。」

「嗯？怎麼會？讓文化祭順利進行，是學生會的重要工作吧？他現在一定很感謝我讓他可以好好工作吧。」

「那個學生會長看著仁學長的眼神當中帶著憎恨，我想我大概了解原因了。」

「就算被男生喜歡我也不會高興。」

「那根本是完全被討厭吧！」

「那就沒問題了。好了，走吧。」

龍之介獨自在操作影像與音響的監控室裡組裝機材。

「有什麼需要幫忙的？」

「還來得及。」

龍之介以可靠的聲音回答。

「我去看一下正面的入口。」

不等龍之介回應，仁便快速地離開了。

被留下來的空太先是一個深呼吸，接著走向主螢幕的側邊舞台。越接近目的地，遠方傳來的喧鬧聲就越大。一開始感覺不到人的氣息，現在也逐漸膨脹了起來。

他壓抑著滿懷熱血的情緒，踩著短階梯走上舞台側邊。

還看不到觀眾席。再往前三步……兩步……一步……

空太緩緩地環視劇場內。

看到了。

看到了很多人。

三百人的呼吸聲傳了過來。喧鬧聲沒有停止，對於接下來「銀河貓喵波隆」的期待，彷彿蜂擁而來。

不知道是不是因為透過紅磚商店街，提早向附近的小學進行宣傳的關係，前方滿滿都是小孩，迫不及待似地閃耀著雙眼。

空太注意到其中有穿著水高制服的人，還有三、四個像是大學生的團體。當中也有認識的臉孔，甚至還有帶著幼稚園小朋友的父親。

大爆滿。

空太光是看著觀眾席，一股灼熱的情感便湧上心頭。

但是，什麼都還沒開始。空太為了壓抑住彷彿要滿溢出來的情感，緊咬著下嘴唇。

「空太。」

空太吸了一下鼻涕後轉過頭來，真白就在那裡。

「……好多人啊。」

「嗯，滿滿的。」

「我高興到有點不妙。」

「嗯。」

「不過，真是完美地把座位都填滿了呢。」

沒有站在通道上的人，這正是三百人的座位被坐滿的證據。空太等人事先已經討論過了，因為遊戲需要比手畫腳，如果走道上有人會很危險，所以不能太貪心。

「是七海做的。」

「青山？」

真白的目光落在不斷重複深呼吸的七海身上，緊張的感覺顯而易見。今天，七海還有另一項重大的工作。

為了讓客人能夠確實地享受到玩法特殊的「銀河貓喵波隆」的樂趣，七海必須像帶動唱的大姐姐一樣站在舞台上，與觀眾一起舞動身體。

原本預定要由空太或美咲來擔任，但七海一直很在意喵波隆的製作期間，只有自己的負擔較輕，所以在三天前提出希望由自己來擔任。

空太慢慢地靠近，出聲叫了七海。

「青山。」

「神田同學。」

七海抬起頭，表情僵硬。

「原來青山也是會緊張的啊。」

「那當然啊。我聽說就算是職業的演員，在準備一決勝負的時候也是會緊張的。」

「那妳緊張也沒關係啦。」

「說風涼話。」

七海這麼說著笑了。

「總覺得今天的神田同學看來很爽朗。」

「有嗎？」

「該不會現在才熬夜後精神亢奮吧？」

那樣的時間帶早就已經過了，現在反倒是不久前才睏得要命、精疲力盡的狀態。

「現在的我正在極限的另一端……雖然是只剩兩個半小時的短暫壽命。」

「什麼啊？」

「不，不用在意。」

「真的很怪。」

七海的緊張也大致舒緩了，表情看來已經變得自然。

「機材已經組裝好了。」

龍之介這麼報告，從監控室走上舞台側邊。

「會場準備也沒問題囉！」

美咲也走了過來。就連到入口去觀察狀況的仁也回來了。

「外面怎麼樣了？」

「學生會長活躍得很。」

「又會被怨恨了吧……」

「那麼，大家集合！愉快的夥伴們集合了！」

「早就已經集合好了啦。」

空太、真白、七海、美咲、仁，還有龍之介在舞台側邊圍成圓圈。

接著，美咲朝中心伸出手。

仁不發一語地把手疊上去。接著是七海；空太抓著歪著頭感到不解的真白的手一起放上去，最後他還硬是把顯然不願意的龍之介的手疊了上去。

「好，請學弟給我們一句漂亮的話！」

「咦？我嗎？」

「嗯，空太姑且算是導演啊。」

仁哈哈大笑。

「真的只是姑且……」

「平衡調整都是依神田的感覺來做的。如果被評價為爛遊戲，全都是神田的錯。」

不知道泰然自若的龍之介所說的話當中，哪些是真心話。

「嗚哇～居然在這個節骨眼說這種話。」

「好了、好了，來吧，神田同學。」

七海催促著空太，而真白也等著他說話。

空太看了所有人的表情之後，捨棄覺得難為情的情緒，把現在的心情直率地說出口。

「這三十分鐘，大家就盡情地玩個夠！」

櫻花莊眾人的反應，形形色色各不相同。

4

「那麼，我上台了。」

對於七海充滿決心的話語，空太用力地點了點頭。

劇場內的照明關閉，銀幕的布幕揭起。接著，會場的喧鬧聲彷彿事先說好了一般停止，充滿期待的寂靜籠罩著觀眾席。

在這股緊張的氣氛中，七海由舞台側邊走上前去。

站到銀幕右邊的定位後，只有那裡打上了聚光燈。那是仁在監控室裡操縱的。

空太與真白為了直接觀察觀眾席，在舞台側邊待命。

七海以俐落清晰的語調說明注意事項，一邊動著自己的身體一邊簡潔地解說遊戲方式。實際上讓觀眾參加的戰鬥部分，主要是「起立」與「坐下」，還有「舉起雙手」以及「拍手」四個動作，另外就是叫喚必殺技的名字，所以應該很容易記得。

因為即使是座位的配置與一般複合電影院相同，或者稍微寬敞一些的劇場，以三百人的龐大人數，要揮手、伸展或蹦蹦跳跳是很危險的，所以事先設定為稍微動作即可的設計。

就空太而言，雖然想組合更多樣的動作，但強調安全方面的龍之介加以制止並告誡，為玩家著想也是相當重要的。

「如果有人受傷，我們要怎麼負責？」

「……呃……說得也是。嗯，受傷就不好了。」

結果，空太認為龍之介說得很正確，於是歸結出現在的設計。

七海唸出最後的注意事項：「不要忘了周圍還有其他人。」

「那麼，請享受『銀河貓喵波隆』。」

七海以清晰的聲音說完，便深深一鞠躬。

這時聚光燈熄滅，傳來撼動地面般的重低音。銀幕上出現了從宇宙往地球飛來的巨大物體突破大氣層的樣子。

畫雖然是靜止的，但藉由像是物體表面燃燒的效果，以及粉塵飛散的微粒，看起來就像是動畫。音效以及ＢＧＭ也對於臨場感發揮了很大的作用。負責聲音的，是過去也擔任過美咲動畫聲音製作的音樂科同學皓皓。不過空太沒見過本人，到現在還不知道對方是個什麼樣的人……

從外太空飛來的物體，穿過平流層、突破雲層，出現在東京的上空。跟一棟棟高樓大廈對比，可以想見這個物體有多大，全長超過五百公尺。

當從地上仰望空中的人們視線捕捉到物體的瞬間，表情轉變成了絕望。

但那也只維持了一下子。突破雲層現身的物體，在即將碰到地面時一個迴轉，以擁有彈性的四隻腳著地。

讓人以為是火山爆發的巨響包圍四周，大地發出哀號並被碾碎，同時令人絕望的衝擊波瞬間將高樓大廈群化為瓦礫堆。

海岸線被引發的海嘯吞噬，飄在空中的沙塵遮住了陽光。在這昏暗的塵煙之中，外貌近似貓的宇宙怪獸懶洋洋地爬起身子。它的前腳踩爛了東京鐵塔，而且粉碎得不留一點痕跡。

「真是毫無生趣的星球啊。」

宇宙侵略者喵咕嚕星人大幹部其中之一「貓背艾因」登場了。

衛星相機捕捉到艾因的身影，在他周圍數十公里內已經化為一片荒蕪。

聯合國軍隊立刻瞄準艾因，發動飛彈攻擊。

「喵啊啊啊啊啊啊啊啊啊啊啊啊啊！」

對於飛來的無數飛彈，艾因只咆哮了一聲便將其毀壞。

接著出現的是戰鬥機部隊。雖然發射了無數的誘導飛彈，卻完全傷不了艾因的巨大身軀，只有覆蓋身體的蓬亂毛髮稍微燒焦。而這也都在數秒後再生復原。

艾因再度發出咆哮，戰鬥機部隊也在一瞬間全滅。

巨大貓型怪獸具有壓倒性的存在感與魄力。

真白的畫果然很棒，緊緊地抓住觀眾的心。證據就是光靠開頭的畫面，就已經將觀眾們拉進「銀河貓喵波隆」當中。坐在最前面的小學生都忘了要把爆米花送進嘴裡了；坐在中間的大學生像是要鑽進去般凝視著銀幕；而最後排的觀眾則幾乎都把身子往前傾。

大家都展現了驚人的注意力。

場面進行到主角貓子的登場鏡頭。被艾因破壞的瓦礫街道，到處發生火災，彷彿世界末日，就連天空也被染得通紅。在這之中，貓子抱起已經變得冰冷的最愛——貓介的身體，叫喚著他的名字。

「貓介先生～～！」

貓子的肩膀、手臂以及嘴唇顫抖著，還不斷地呼喚著貓介的名字。但是，貓介已不再呼喚貓子的名字；不再對她微笑；不再輕撫她的頭；也不再回答「怎麼了」。而他的眼睛……也不再睜開了。

「貓介先生！」

那是混著鼻水的聲音。幫貓子配音的是七海，她一直對這場景不滿意，自己不斷地重錄。還記得錄到ＯＫ的時候，從錄音室出來的七海真的淌著淚水，讓人有些不知道該如何向她開口說話。

在瓦礫堆當中，臉頰被煤灰弄得髒兮兮的貓子拭去眼淚，站起身來。接著，她目不轉睛地靜靜盯著遠方可見的山……貓背艾因。緊握的拳頭微微地顫抖著，手心也因指甲摳進肉裡而滲出血來。

在這樣的貓子面前，人類決戰兵器貓型機器人「喵波隆」降臨了。

「好啊。如果想要我的憎恨，那就全部給你。相對的，到我死之前，要盡可能地把喵咕嚕星人打到地獄裡去。」

喵波隆彷彿回應貓子一般，眼睛發出了光芒。

在這同時，「銀河貓喵波隆」的標準字，醒目且氣勢磅礴地在畫面中央登場。

短短幾分鐘的描寫場面，似乎相當值得一看，已經完全抓住了觀眾的心。每個人都吞嚥著口水，等待接下來的故事發展。

貓子與貓介原本是戀人關係。貓介的哥哥貓吉被喵咕嚕星人所殺害，所以貓介為了向喵咕嚕星人復仇而與貓子離婚。

人類為了對抗宇宙侵略者喵咕嚕星人，從以前就開始開發決戰兵器喵波隆。這些情節全都被節奏明快地描述出來。

原本喵波隆的故事是因為美咲的妄想而誕生出來的東西，這些份量在電視動畫上共有五十二話。因為當然不可能全部都做出來，所以到打倒六人大幹部的其中一人「貓背艾因」為止的部分，由仁巧妙地重新規劃，整理成大約三十分鐘的長度。

當空太的注意力被吸引到觀眾席時，感覺到來自舞台側邊七海的視線。

第一個戰鬥部分即將到來。

第一回合是與艾因的部下戰鬥，以遊戲而言就是小嘍囉。在遊戲設計上，這個戰鬥屬於教學練習。

銀幕上轉變為３Ｄ畫面，卻絲毫沒有不協調感。因為美咲與龍之介合作，利用能夠做出類似動畫的最新Toon shading，從質地作畫與程式兩方面下手，展現出即使跟真白的畫放在一起也不顯奇怪的高水準。

他們做出了停格時也看不出是３Ｄ的品質。雖然有可能因此讓完成時間延遲一週，但當中的辛苦都完整地呈現在作品上。因為美咲知道成品會是什麼樣子，才會在品質上這麼堅持。

完美地製作出從沒見過的影像表現。這兩個月以來，空太實際體會到美咲厲害的地方除了技術以外，還能夠想出前所未有的想法，並且將它具體執行。然後，空太也深刻地感覺到這些東西是無法靠努力就能追上的。

也難怪仁會抱持著自卑感，因為他一路比誰都還要近距離地看著美咲成長。對空太而言，這兩個月以來也讓他對此有更深的了解。

喵波隆與雜魚喵咕嚕星人的戰鬥開始了。

在荒廢的瓦礫堆中，喵波隆與喵咕嚕星人扭打了起來。也就是說，第一項同步操作即將開始。不知道會不會順利動作。

幾乎與空太吞嚥口水同時，畫面上顯示出「準備起立」。

「喊一、二就開始了！一、二！」

七海對著會場呼喊，三百人配合這聲音同時站起來。空太立刻確認銀幕中央的喵波隆，如果感應器的攝影機讀取到觀眾的動作，喵波隆應該就會把敵人扔出去。

但是，畫面沒有反應。觀眾起立的動作應該十分整齊了才對……空太想到會不會是攝影機讀取失敗了，背脊竄過一陣冷顫。

在這一瞬間——

「先下地獄去吧！」

配合貓子充滿氣勢的叫聲，喵波隆以腦部炸彈摔（註：Brainbuster，摔角招式之一。）把喵咕嚕星人丟了出去。接著，畫面上出現了舉起雙手的指示。

三百人再度跟著七海吆喝的聲音舉起了雙手。

這時，喵波隆抓住了喵咕嚕星人的尾巴，開始以大迴旋（註：Giant Swing，摔角招式之一）團團轉了起來。

下個指示是保持舉手姿勢拍手。畫面上出現拍手的時機點，圖示閃動得越來越快，沸騰全場的拍手也漸漸加速。

配合這個聲音，喵波隆的回轉速度也迅速加快。

接著是放下手的信號，喵波隆便把喵咕嚕星人拋得又高又遠。

然後是動作結束。

畫面上顯示必殺技名稱，喵波隆正在累積力量，必殺技倒數中。

3……2……1……

「肉墊光束！」

三百人的聲音重疊。

會場內的空氣震盪，聲音的壓力毫不留情地傳到站在側邊的空太全身。

喵波隆伸出雙手，發射出肉墊形狀的光束。喵咕嚕星人在空中直接被擊中，爆散開來，消失得不留痕跡。

喵波隆漂亮地擊敗了喵咕嚕星人。

本來還擔心同步操作會不會有問題，就這個反應看來是不要緊了。雖然剛開始有些焦急，但之後感應器的感度不錯，畫面處理也沒有延遲。

空太往監控室看去，透過玻璃與龍之介四目相交。他的眼神訴說著這是理所當然，看來他對於這部分完全不擔心。

打倒雜魚喵咕嚕星人的喵波隆與貓子，終於與貓介的仇人——大幹部「貓背艾因」對峙。

雖然喵波隆有三百三十三公尺高，但艾因更高大。如同一開頭便顯示出來的，就他的戰鬥力，光是吃上他一記貓拳，就足以被打飛到隔壁縣去。

這正是賭上人類存亡的戰役。

坐在前面的小學生們，緊緊地握著手為喵波隆加油。

「你記得自己殺害的人數有多少嗎？」

貓子壓抑著怒氣詢問艾因。

「全身發軟啦。因為我是貓背（註：日文中「貓背」意指駝背），肩膀酸痛啦。啊～真的好酸軟無力。」

幫艾因配音的是美咲，結果還頗有模有樣的。美咲不但書念得好，不管做什麼都有很高的水準，實在叫人驚訝。

「如果宰了你們會不會舒服一點啊？啊啊，就這麼辦吧？」

只因為身體酸軟，艾因猛揍了在旁邊的兩個部下。對於他這種旁若無人的態度，貓子終於忍不住爆發了。

「你沒有活下去的價值！」

「根本就不需要什麼道理。人類雖然是比大便還不如的生物，但至少還有那一瞬間能讓我覺得快樂。沒錯，就是那樣。再更加憤怒地放馬過來吧。讓我忘了自己的酸軟。來吧！」

喵波隆接下了艾因的貓拳，但是身體已經有三分之一埋進地下。

「好弱～好弱～我說妳！就憑這點本事也敢跟我嗆聲！喵啊啊啊啊啊啊啊啊啊啊啊啊啊啊啊啊啊啊啊！」

喵波隆受到艾因咆哮的衝擊，連同整個地面被打飛出去。

在這危機的時候，全場自然地發出「喵波隆！」的聲音。

空太莫名地緊握起拳頭。

雖然不是回應觀眾的聲音，但喵波隆漂亮地著地。

這一瞬間，畫面切換為３Ｄ模式，進入戰鬥部分。

已經不需要七海的引導了。

所有人跟著畫面的指示俐落地站起來。

艾因的貓拳揮了過來。畫面上出現舉手的指示，觀眾便迅速地舉起手，喵波隆以敏捷的動作閃開了。接著，艾因發出咆哮。這次觀眾則是叫喊著「肉墊光束！」以必殺技相互抵消了。

「還不准妳壞掉喔！讓本大爺更有感覺吧！」

認真起來的艾因發動了猛烈的攻擊。從一左一右的貓拳還擊，到致命的頭槌攻擊。

貓拳靠著同步操作還來得及閃避，頭槌則被打個正著。

因為這一擊使得喵波隆的ＨＰ變成零。這邊是事先預想到的平衡調整。空太覺得對艾因之戰，輸個一次是差不多剛好的平衡。

為了讓喵波隆復活，畫面上出現拍手的指令與吆喝聲，ＢＧＭ變成了傳達出表示危機的急促聲。

彷彿是聲援支持球團的擁護者，觀眾們合而為一，將力量送給喵波隆。

艾因為了給予喵波隆最後一擊而逐漸逼近。

七海瞥了空太一眼。

喵波隆是不是來得及復活——總覺得很微妙。

要是在這裡輸了就GAME OVER了。就算是CONTINUE，也必須從頭開始與艾因的戰鬥。

雖然空太直到最後都還在猶豫這個設計，但他覺得如果一定能過關就不有趣了，所以決定相信自己的感覺，留下了GAME OVER的結果。

因為最後的結論如果是一定能過關，這樣的難易度會讓人缺乏成就感，也就失去了互動性的意義了。

這次空太的平衡目標是「雖然會失敗一次，但勉強可以過關」的方針。

而現在正是這關鍵的時刻。

就試玩了無數次的空太來看，這次應該會在來不及的邊緣，因為吆喝聲並沒有配合上。雖然拍手的部分還好，但是聲音的時間點差了那麼一些。

因此能量的恢復率很差。

艾因已經近在眼前了。

他抓著癱倒的喵波隆的頭，毫不費力地舉起來，正要使出最後的貓拳而舉起手來。

不妙，來不及了。空太心裡正這麼想的瞬間，整個會場籠罩在爆炸聲中。最後的最後，「喵波隆！」的吆喝聲完美地重疊了。

瞬間畫面靜止。樂曲演繹出逼近而來的恐怖也停止，一陣讓人屏息的寂靜襲來。

緊接著，伴隨著尖銳的音效，喵波隆的眼睛發出光芒。此時流瀉出輕快的戰鬥音樂，那是請大學音樂部幫忙收錄的魄力十足管弦樂，還加上了將來以聲樂歌手為目標的聲樂科的歌聲。所以不管怎樣都會跟著情緒高漲。

接收到觀眾聲援的喵波隆，原本垂下的雙臂突然抓住艾因的頭，迎面給予一記強烈的膝蓋踢擊。

艾因一邊豪邁地噴著鼻血，一邊大大地往後仰。在這反擊的好機會，畫面上出現了聲音指示。三百人為了發出聲音而用力吸氣，接著——

——肉墊光束！

光束零距離直擊艾因的臉部。

「喵啊啊啊啊啊啊啊啊啊啊啊啊啊啊！」

帶著痛苦的慘叫聲迴盪在會場裡，美咲的配音帶出了很棒的味道。

趴著的艾因以充滿憎恨的眼睛盯著喵波隆，接著瞄準後大大地張開口，發出極粗的光束。

喵波隆也再度準備必殺技，並立刻發射。

不過，艾因的光束壓倒性地強大，喵波隆幾乎快要被吞沒了。

畫面上顯示出剛才的拍手以及吆喝的指令。

觀眾合而為一為喵波隆加油。

貓子以充滿氣勢的聲音回應：

「你這傢伙啊啊啊啊啊啊啊啊啊啊啊啊啊啊！」

肉墊光束逐漸變得粗大，將艾因的光束推了回去。

就這樣，借助觀眾力量的喵波隆擊倒了艾因。

「怎麼可能啊啊啊啊啊啊啊啊啊啊啊！本、本大爺竟然會輸啊啊啊啊啊啊啊啊啊！」

接著，艾因被超巨大化的肉墊光束包圍，發出最後的哀號便被消滅了。

瓦礫之中只剩下喵波隆。輕快的戰鬥音樂逐漸淡出，開始傳來帶點悲傷的溫柔音樂。雲間露出陽光，照耀著渾身傷痕累累的喵波隆。

「貓介先生，我幫你報仇了。」

仰望天空的貓子露出了有些寂寞的笑容。這時畫面轉暗，開始升起片尾字幕。

已經不需要再操作了，但觀眾卻繼續不斷地拍手及吆喝。

不知是誰開始喊起安可，叫喊著希望有續集。

空太被這樣壓倒性的情感浪濤給吞噬，只是茫然地呆站著。

大家都很開心，並且給予掌聲，這讓人高興得不得了。還好有做，真的覺得還好有做。心中盡是對於給予這份情感的觀眾們感謝之情。

即使片尾字幕已經到最後，出現了「THE END」的文字，觀眾的掌聲還是沒有結束。

「空太，太好了。」

真白把手疊在空太緊握的拳頭上。

「嗯……真的好棒……總覺得我不行了……」

「辦到了呢，神田同學！」

興奮的七海跑了過來。

「嗯……真的太棒了。」

空太受到感情驅使，順勢與七海擊掌。

不過，不能一直沉浸在感動之中。

「空太，快點撤收！學生會長大人帶老師過來了！」

仁的聲音在銀幕後面迴盪著。

往監控室一看，龍之介已經完成收拾機材的準備。

雖然還有點捨不得，但空太抓住真白的手跑了出去。

七海跑在前面；仁幫忙龍之介搬運機材；而美咲已經從裡側的出入口衝了出去。接著立刻就聽到車子的引擎聲。

載著所有成員的車子，甩開叫著「站住」的老師與學生會長的聲音，急速地離開。

「我們是宇宙第一～！」

受到感情爆發出來的美咲影響，空太也大喊宇宙第一。

已經不太記得之後到底怎麼樣了。

只是，似乎作了最幸福的夢。雖然只記得這樣，不過光是這樣就足夠了。

十一月七日

櫻花莊會議紀錄上這樣寫著。

——我在這裡宣示！要把今天定為喵波隆紀念日，而且未來要永遠歌頌下去。學弟、小真白、小七海、Dragon、仁、小麗塔、皓皓，謝謝大家！多虧了大家，我實現了一個夢想喔！今晚睡不著啦！書記．上井草美咲

——美咲學姊，再不睡的話會死人的！追加．神田空太

——因為如此、所以這般，馬上來做第二話吧。追加．上井草美咲

——我不想在這個年紀就過勞死，請讓我多少休息一下吧。追加．神田空太

——那個，會議紀錄什麼時候變成交換日記了？追加．青山七海

第二章
戀情綻放的秋天啊

1

步驟一，將充分冰鎮的香蕉稍微撥開頭的部分。

「我說，赤坂啊。」

「我准許你發言。繼續。」

步驟二，把衛生筷從香蕉已經剝皮的地方戳入。

「昨天……不對，前天的喵波隆非常成功吧。連睡覺都捨不得，也忍著沒在文化祭玩樂，一直開發、調整平衡……努力算是有了成果吧。」

「雖然我完全沒有要在文化祭玩樂的打算，不過倒是相當同意有關喵波隆非常成功的這項認知。」

步驟三，完全剝開香蕉皮，使它成為冰棒狀。

「掌聲與歡呼……真的很驚人吧！現在還迴盪在耳裡。」

「是啊。」

「那是文化祭第五天的事吧。」

「前天，是十一月七日的事。」

「沒錯，就是那樣，是前天的事了耶……」

「那麼，神田你到底想說什麼？我可沒時間陪你玩這種閒聊之類愚民的遊戲。」

步驟四，緊握衛生筷的部分，用勺子舀起溶化的黏稠巧克力淋在香蕉上。

巧克力碰到冰涼的香蕉，溫度立刻下降而逐漸凝固。

「我想說，成功地完成喵波隆的我們，應該有權利享受剩下兩天的文化祭。畢竟我們的文化祭足足有七天。」

「我知道神田你想在文化祭上盡興玩樂，不過對此我無法理解。」

步驟五，在曬得烏漆抹黑的香蕉上，撒滿色彩繽紛的裝飾巧克力。好了，大功告成。

「可是，你不覺得很奇怪嗎？為什麼在喵波隆結束後失去意識，然後醒來時已經是文化祭最後一天了！而且，現在已經過了中午，還有幾個小時文化祭就結束了耶！在這種情況下，為什麼我會在巧克力香蕉咖啡廳裡，從早上開始就一直沒有休息地工作？」

步驟六，將完成的巧克力香蕉以每支一百圓的價格賣出。

「感謝您的光臨。請慢用。」

還要一邊散播笑容……

「喵波隆的開發後期，接連著熬夜的作業，讓我們的體力已經到達極限。因此，在公開結束後，緊張感整個鬆懈下來，即使連續睡三十六小時也沒什麼奇怪的。」

「我不想聽這種理性的話！」

「那就別問我。」

「我一早起來發現日期跳了一天，還以為人類已經完成時光機了呢。」

「這就是你的想像力令人感到遺憾的證據。儘早處理會比較好。」

「煩死了！」

「說起來不過是個文化祭，有什麼好鬧成這樣的啊？神田。」

「什麼叫做不過是個文化祭啊？你把文化祭當成什麼了！」

雖然不知道其他學校是如何，但是文化祭在水高可是最盛大的活動，凡是在這裡念書的人都會很期待。

「文化祭是不算上課的休假，同義詞就是大型連休。」

「不要隨便定立黃金週（註：日本四月底到五月初的連續假期）！」

空太嘆了口氣環視教室內。中午過後是最混亂的尖峰時間，現在客人進出情況倒是比較穩定了，只剩下一組三個男孩子的客人。

窗戶上貼了用黃色圖畫紙剪成的「巧克力香蕉咖啡廳」文字，以便外面的人也看得到。室內則是用黃色跟黑色的布條裝飾，桌巾也統一採用同樣的顏色。

今天早上，擔任準備現場指揮的執行委員七海問了空太的感想。

「乾脆把外面的招牌改成『老虎咖啡廳』不是比較好？」

空太老實地說出咖啡廳這樣看來只像虎紋的感想後，被七海面帶笑容地踩了一腳。

「神田同學根本就不知道老虎的好處。」

七海一臉認真地這麼說了，於是空太如此敷衍帶過：

「我下次會先弄清楚的。」

在這披上虎紋的教室裡，空太擔任咖啡廳的服務生，一身黑褲子、黃襯衫，再加上黑色背心的巧克力香蕉姿態，勤奮地製作販賣巧克力香蕉。

另一個負責看店的龍之介，身上還是穿著學校的制服，擅自把桌椅搬進櫃台內，敲打著筆電鍵盤進行某些作業。他既沒做出任何一根巧克力香蕉，看來也不打算要賣。

事實上一直到現在這個時間，都是空太一個人看店。

「赤坂，一下下就好了，能不能換你看一下店？」

「我拒絕。」

「十分鐘！不，五分鐘就好了！請讓我製造文化祭的回憶吧！」

「喵波隆已經是很棒的回憶了吧。現在要超越那個回憶是不可能的。」

「話是這麼說沒錯啦……」

如果美咲前天所言是真的，那麼今天美術科的「森林的作品展」上，真白應該就會以貓娘……或者該說是貓女郎的裝扮擔任嚮導。

如果她真的做了那樣的打扮，那一定得看一眼。

「總之，拜託你，赤坂！」

「我拒絕。」

「拜託你啦！」

「你是為了女人吧。」

「不、不行喔。」

「……」

龍之介不發一語地敲著鍵盤。

「幹嘛在這個時間點不吭聲啊！」

「我不可能看店的。」

「為什麼！」

「第一：我的個性不適合接待客人。高姿態的店員只會引起反感。」

「有這樣的自覺就妥善處理一下！」

「第二：我討厭巧克力香蕉。更討厭吃巧克力香蕉的女人。」

「算我拜託你，說話不要被客人聽到，我會被他們的視線刺傷的。」

幸好現在剛好沒有女客人。

「第三：我不想當店員。」

「我要澄清一下，我也不想當店員啊！」

「綜上所述，證明了店員只有神田能夠擔任。」

「就你來說，這些理由還真是隨便耶！你根本就不想做吧！」

「你能理解這點就夠了。」

不仔細觀察還不會察覺，從剛才開始龍之介就一直在打呵欠。大概是開發喵波隆所累積的疲勞還沒恢復吧？雖然空太也一樣……

「喂、赤坂～你至少也換個服務生的打扮吧？」

「敘明理由。」

「如果只有我穿，不是很像笨蛋嗎？」

「這你就錯了，神田。」

龍之介從筆電螢幕上抬起頭來。

「嗯？其實很適合嗎？我看起來很帥嗎？」

「不是『很像笨蛋』，而是本來就是笨蛋。」

「啊，這樣嗎……」

不過以龍之介來說，他能來學校就應該要覺得不錯了。

今天早上也為了要把窩在房間裡的龍之介拖出來而煞費苦心。

「沒有要上課，我就沒有去學校的理由。」

即使從外面叫他，他也是緊咬這一點，窩在自己的房間102號室裡，完全不打算出來。

如果是平常，空太會因為無可奈何而放棄。但要是龍之介不在，空太就得一個人看店，所以只有今天不能就這樣放著不管。

「你不在我會很寂寞的！」

「神田。」

「喔，你願意出來了嗎？」

「你該去的地方不是學校而是醫院。老實說，實在很噁心。」

「真是謝謝你這刺痛我心的感想啊！我一輩子都不會忘記的，你這傢伙！」

之後空太得到仁的幫忙，憑著蠻力把龍之介從房裡拖出來，好不容易才把他帶到學校。

因為是班上決定的工作分配，今後如果還想享有正經的高中生活，該做的事還是應該好好做完。不管是空太或龍之介，都因為「櫻花莊」而遭歧視眼光看待，當然沒必要自己製造出更多與周遭格格不入的理由。

唯一還在店裡的男子三人組走了出去，空太便在櫃台裡的椅子上一屁股坐下。

空太想看時間而拿出手機，這時想起了某件事。

「赤坂，你還是好好回信給麗塔比較好喔。」

「放心吧，我都以最快的速度回信。」

「不是靠女僕，而是自己回信。」

「為什麼我要把寶貴的時間浪費在前食客女身上？」

龍之介還是一樣討厭女孩子。

「你為什麼那麼討厭女孩子啊？」

龍之介終於從筆電螢幕上抬起臉來。不過他只是瞥了空太一眼，又開始繼續敲起鍵盤。

「……跟神田無關。」

真不像是對什麼事都確切回答的龍之介會有的反應。

「被你這麼一說，就更讓人在意了。」

「把可可豆發酵烘焙後完成的可可，加入可可粉或砂糖攪拌凝固成小孩子最喜歡的零食，淋在成熟以後會由綠轉黃、變得非常容易剝皮，自古以來猴子很喜歡的果實上的東西。有人來買這個商品了。」

「你就說是巧克力香蕉就好了！」

空太暫時中斷與龍之介的對話，在客人面前把溶化的黏稠巧克力淋在香蕉上。看來像是一年級生的雙人組發出「哇～」、「看起來好好吃。」這樣開心的歡呼聲。

兩個一年級生帶著笑容接下巧克力香蕉，沒有找座位坐下，而是以一臉還有問題的表情看著空太。

「我臉上有什麼東西嗎？」

「大概是在說你有張笨蛋臉吧。」

空太背對著龍之介，無視他那沒禮貌的發言，以目光催促著一年級生。

「那、那個……喵、喵波隆……真的很棒！」

「非常有趣呢！」

兩個一年級生接連直率地對空太說出感想。

「啊、啊啊……嗯，謝謝。」

空太對於這出乎意料的情況，有些恍神地勉強回應著，卻說不出一句機伶的話。

兩個一年級生立刻喧鬧著坐到最裡面的座位上。

之後稍微慢了幾拍，空太才覺得身體輕飄飄的，腳的感覺變得有點模糊，陷入一種正在飄浮的錯覺。

「啊～～！」

他隨著心中湧上來的衝動，嘶吼著不成句的話，並緊緊握住雙手。

現在的他如果不咬住下唇，就會忍不住想笑。慘了……這真是太不妙了。能夠感到這麼開心，大概是這十六年來第一次。

「神田。不要偷偷賊笑，感覺很不舒服。」

「不對，現在就算竊笑也沒關係吧！難道你不覺得高興嗎？」

「放心吧。我還是有沉浸在優越感當中。」

「……完全看不出來。你實在是很厲害。」

話說回來，這是怎麼回事？空太還持續感覺到視線。那兩個一年級生剛剛說了對喵波隆的感想，現在還在看著這邊。

該不會變成空太的粉絲了吧。這應該不可能吧。即使回顧至今的人生，也從沒遇過女孩子有像這樣的反應。不過，因為製作了喵波隆，所以……空太心裡想著這種蠢事，才發現她們的目光正看著龍之介。

龍之介是長相中性的美少年，如果不說話……或者該說如果不知道他的本性，女孩子們有明顯的反應倒也不稀奇，有時甚至還會吸引到男孩子的目光。

「對了，剛剛的話才說到一半……為什麼赤坂那麼討厭女孩子？」

空太感覺到兩個一年級生正豎起耳朵聽著，同時問了龍之介相同的問題。

「跟神田無關。」

龍之介也做了相同的回應。

「真是浪費的傢伙。」

龍之介並沒有理會空太所說的話。

既然龍之介要保持沉默，那也沒辦法了。

空太打開手機，傳了簡訊給龍之介。看他似乎正忙著工作，現在一定是女僕出來應對吧。

如同空太所預料的，馬上就收到女僕的回信。

——那是因為有比珠穆朗瑪峰還高、比馬里亞納海溝還要深的原因。

——那到底是？

——要追溯到龍之介大人與空太大人相遇之前……那是國中時候的事。

——喔。

——龍之介大人曾經有過兩位感情非常要好的朋友。

一開始就是令人意外的發展。

——一位是虎太郎大人，是個男孩子。另一位是朱實大人，是個女孩子。

一股已經要接近問題核心的氣氛。

——龍之介大人、虎太郎大人、朱實大人三個人，不管到哪裡都一起，不管做什麼也都在一起，感情非常要好。

——然後呢然後呢？

——某日，龍之介大人戀愛了，對象是朱實大人。但是，當時龍之介大人已經知道，朱實大人的心正向著虎太郎大人……

這真是出乎意料的發展。

——這時，虎太郎大人向龍之介大人傾訴，自己有了喜歡的人而感到十分煩惱。龍之介大人聽了，已經知道虎太郎大人傾心的對象就是朱實大人了。因此，他決定將自己的感情藏在內心深處，並且撮合這兩個人。

——女僕啊，呃、這跟討厭女人有關連嗎？

——那是在聖誕節的晚上。

——女僕啊，妳有時會無視我的話，那果然是故意的嗎？

——當然是故意的。（冷笑）

——這種時候就有反應了嗎！

——好戲才正要上場，你如果不閉上嘴乖乖聽著，我就要傳病毒之類的東西過去喔。噗噗！

——還說病毒之類的，根本就是病毒吧！就算妳說噗噗，也一點都不可愛！

——然後，在聖誕節的夜裡，事件發生了。

——又無視我的話嗎！

——龍之介大人為了讓虎太郎大人及朱實大人獨處，沒有出席原本說好要三個人一起參加的派對。他祈禱著兩個人能結合，獨自在寒冷的星空下過節。

——喔。

——不知道為什麼，朱實大人卻跑過來了。而且還喘著氣……

該不會發現自己其實是喜歡龍之介的吧。然後兩人就在一起，並且開始交往，但結果卻不順利，所以龍之介還帶著當時的傷痛，導致他討厭女孩子嗎？

——朱實大人一看到龍之介大人的臉，就狠狠地甩了他巴掌。

——咦？

——而且還是左右開攻。

——怎、怎麼回事？

——因為虎太郎大人所傾心的，其實是龍之介大人的美貌。朱實大人知道了這一點，便痛罵龍之介大人「你這隻偷腥的貓！不對，是偷腥的龍！」使得龍之介大人的內心受到無法抹滅的深刻創傷。

——這、這樣啊。

——因為這個原因，所以龍之介大人就變得討厭女性了……鏘鏘。

也就是說，龍之介喜歡朱實，朱實喜歡虎太郎，而虎太郎喜歡龍之介。這正是三角關係。

——從此，龍之介大人便覺得自己不需要活生生的女人，而開始致力於我的開發工作了。

——感覺完全跟想像的不一樣呢。

——以上所說全都是我剛剛才編出來的故事，所以請不要當真喔。不過我認為您應該不會以為是真的吧。（笑）

——給我等一下！

——我怎麼可能會滔滔不絕地隨口說龍之介大人的秘密？空太大人也真是的，誰叫您腦袋比猴子還不如呢。猴子！

——妳剛剛是以瞧不起的語氣罵猴子吧！

空太實在被說得很難聽。不過，居然連這種費工夫的惡作劇都會了……女僕到底打算進化到什麼程度？

「神田。你玩夠了嗎？」

「你從頭到尾都在監控嗎！」

「那當然。你忘了收信人是我嗎？」

「不是啦，話是這麼說沒錯……不對，不是這樣，回信給麗塔啦。」

「女僕都會回信。」

「如果不是你回信就沒意義了啊。」

「為什麼？」

「你如果回信，她應該會很高興吧。」

「神田，我有必要去討前食客女的歡心嗎？」

「撇開要不要交往、喜歡或不喜歡，至少說句『喵波隆素材上傳辛苦了』也無所謂吧。因為麗塔所畫的背景品質很令人滿意啊。」

事實上沒有任何一張需要重新畫過，該說真不愧為現職的畫家嗎？麗塔回到英國之後，再次重拾曾經放棄的畫筆。

「原來如此，這理由我可以理解。」

龍之介一副了解了的樣子，打開郵件軟體。

接著迅速地敲著鍵盤，之後立刻寄出。空太看了一下龍之介所寫的信。

——做得很好。值得讚許。

上頭只寫著這些。

「你到底有多妄自尊大啊……」

印象中日本與英國的時差是九個小時。麗塔那邊現在還是清晨，大概還要一段時間才會看到龍之介的信。如果麗塔看到了，抱怨的話一定會立刻往空太這裡飛來。

就在空太與龍之介進行著這樣的對話時，店裡來了兩位客人。他們都穿著水高的制服……或者該說是熟悉的人物。

「歡迎光臨……青山啊。還有宮原。」

與七海一起過來的，是隔壁班的宮原大地。在游泳社鍛鍊出修長的肌肉型身材，也因為個子算高，所以感覺很有魄力。不過，空太知道他擁有與年齡相符的孩子氣，所以比外表看來更容易相處。去年四月到七月的四個月期間，空太在一般宿舍與大地住同一間寢室，就算空太把白貓小光帶回去，他不但沒有露出嫌惡的表情，甚至還開始跟空太一起照顧。即使空太被流放到櫻花莊，他也是少數仍然像以前一樣與他相處的朋友之一。

「喔，神田。」

「為什麼宮原會跑來這裡？」

大地轉了一下龐大的身軀，驕傲地露出帶在左臂上寫著「文化祭執行委員」的臂章。

「宮原……你之前不是說過絕對不當執行委員嗎？」

「咦？是這樣嗎？我怎麼聽說是一直都很想當？」

七海露出驚訝的表情。

「你在說什麼蠢話？我可是超想當執行委員的。」

一臉無法釋懷的空太背後，傳來「喀噠喀噠」敲打鍵盤的聲音。

「赤坂同學果然在打混。」

七海以微眯的雙眼捕捉到龍之介，就像是發現獵物的鷹眼。七海走到以桌子圍成的櫃台內側，快步走近龍之介。途中，從收納必要道具的紙箱內，取出一塊頗大的布塊。

「神田，把綁馬尾的趕出去。害我都打冷顫了。」

「我想要把話大聲地說在前頭，我的字典裡可是有『不可能』這三個字的。」

「赤坂同學，要是你什麼都不做，至少把這個穿上，對銷售做點貢獻。」

七海用力張開的，是有許多輕飄飄布料的女服務生制服。似乎是為了這次的巧克力香蕉咖啡廳，由班上女同學設計並且連夜趕工完成的。雖然是外行人做的，但是在材料及做工方面都相當紮實，有很高的完成度。

「想開玩笑的話靠那張臉就夠了。」

「誰、誰的長相是玩笑啊！」

「妳。」

「你、你說什麼！」

「不要才說第二句話就開始吵架啦！人可是懂得忍耐的生物喔！」

空太拚命介入阻止；大地則以溫暖的眼神看著。看來他只打算以旁觀者的身分看好戲。

「綁馬尾的，要經過深思熟慮以後再發言。非常遺憾地，如果穿上那個滿是花邊的衣服，我可是會壓倒性地比妳可愛喔。」

「什麼！」

七海的表情完全變得僵硬。

「雖然光用想像的就覺得厭惡，不過神田的視線可是會死盯著我不放。這樣也無所謂嗎？妳再考慮一下吧。」

「跟、跟神田同學有什麼關係啊？」

七海的臉微微泛紅。

「再怎麼說我也不會對你看得入迷！」

龍之介置若罔聞，關上筆電站起身來。

「如果綁馬尾的在，我就沒有看店的必要了。」

他這麼說完，便迅速地走出櫃台。

「啊、喂、赤坂，不准逃跑！」

會因為對方這樣呼喊而停下腳步就不是龍之介了。他帶著滑行般的步伐頭也不回地走出了教室。

「青山……赤坂跑掉了耶……」

「神田同學是笨蛋。」

「咦？為什麼！」

「遷怒。」

「不要說得那麼理直氣壯！」

一旁的大地捧腹大笑，發出哈哈的笑聲。

「每次都是這樣，神田你們實在太有趣了。」

這時大地參與了對話。

「喂喂，每次是指什麼啊？」

「你們不是也常在課堂上這樣嗎？神田、赤坂還有青山的三人相聲。」

「才不是相聲！」

「不要把我跟他們扯在一起！」

空太與七海的叫喊重疊在一起。這麼說來，連隔壁教室都聽得到啊……

「而且還這麼有默契。」

大地喊著肚子痛並繼續大笑。

「宮原同學，你笑得太過分了！」

大地被狠狠瞪著，便故意裝出沒事的表情。不過，從他顫抖的肩膀就可以知道，他正勉強忍住笑。

「都是神田同學害的。」

「可以請妳告訴我為什麼嗎？」

「誰理你。」

七海不悅地把臉轉開。大地又開始笑了起來。

空太不知不覺將目光移到七海手上拿著的女服務生制服上。

「青山也穿過那個嗎？」

「咦？啊、嗯……穿過了，為什麼這麼問？」

因為住在同一個宿舍，所以空太看過許多七海的便服，不過倒是沒看過她穿這種輕飄飄的衣服。

「沒有啦，只是覺得有點想看青山穿這種會隨風舞動的衣服呢。」

「咦？」

「如果是那種衣服，我有她昨天負責看店時的照片喔。」

大地舉起用吊繩掛在脖子上的數位相機。

「為、為什麼會有照片？」

「因為把大家的回憶收到相機裡，也是執行委員的工作啊。」

「借我看一下。」

「不可以！」

空太正要伸手時，七海搶先一步從大地手上搶走相機。

「我好像有時候會受到青山很強烈地排斥。我做了什麼嗎？」

「我、我並沒有排斥你啊……」

「並沒有？」

「如、如果你那麼想看，那、那個……反正我現在就要換裝了……」

「咦？」

「不、不是那樣的喔！不是為了讓神田同學看，我只是想跟你換班一個小時，所以才來這邊的。你應該還沒逛過文化祭吧？」

「喔，真的嗎！真不愧是青山！站在我這邊的就只有青山而已了！」

興奮的空太忍不住抓著七海的雙手上下搖動。

「用、用不著這麼高興吧。」

「啊，抱、抱歉。」

「無、無所謂啦，不過是點小事……」

七海趕緊把手放開，有些不自在地將視線別開。

「我是很高興妳要幫我看店啦，不過一個人會很辛苦喔。」

「這你不用擔心，我也是來看店的。」

大地若無其事地這麼說著，在空太與七海交談的同時，他已經換上了服務生的裝扮。大概是因為他的個子比空太還高吧，看起來很合適。

「宮原同學不用啦。況且我們又不同班。」

「不，只要想這也是執行委員的工作就沒什麼。再說，妳忘了店員最少要有兩名的規定了嗎？規定可是不能不遵守的喔。嗯？」

大地就像要徵求同意般把手放在空太肩上。他很清楚七海的弱點在哪裡。

「嗚，被你這麼一說……」

「那麼，就決定由我跟青山看店了。」

「謝謝你，宮原！你真是我的恩人。青山也是！」

空太熱情地與大地握手以傳達感謝之意。

「被你這麼感謝，心有點刺痛呢。」

「為什麼啊？」

「那當然是因為我別有用心。」

大地這麼說著，視線追著為了換裝而到以簾幕隔成的後台去的七海背影。

空太受到影響也跟著注視簾幕，結果七海探出頭來，目光正巧與他對上。

「不可以偷看喔。」

「那、那當然。」

空太慌張地轉過身。而同樣背對著七海的大地，看來像是覺得很好笑似地肩膀抖不停。空太真是飛來橫禍。

背後的簾幕闔上。過了一會兒，傳來大概是七海正在換衣服的布料磨擦聲。

話說回來，剛剛大地說了「別有用心」吧。空太對於他擔任之前嚷著不想做的執行委員這一點，也覺得有些怪怪的。這個，莫非是，該不會……

空太的思考因為七海的聲音而中斷。

「啊，對了，神田同學。」

「我沒有偷吃喔。」

「……我沒有在懷疑這個。」

「不然是什麼事？」

「那個，有關三鷹學長跟上井草學姊的事……」

這時，後台的簾幕被拉開了。

「可以轉過來了。」

空太與大地同時轉向七海。

以黃色和黑色為基調的女服務生制服，肩膀與裙子蓬蓬的，但腰部卻緊緊束起，是十分強調女孩氛圍的設計。

而七海穿著這件制服，不只可愛，還完全保留了認真的印象，這樣的平衡感魅力十足。

空太張著嘴僵硬不動，完全忘了要說感想。

「神田同學，你像笨蛋一樣張著嘴喔。」

「喔、喔喔。總覺得青山雖然是青山，但又不是青山。」

「真希望你的感想能說得更簡潔一點……」

七海的雙眼往上瞪著空太。

「……我覺得很好。」

「只有這樣？」

「我覺得非常棒。」

接著，七海轉過身去，小小地做了個勝利的姿勢。

一旁的大地露出複雜的表情看著他們，不過空太跟七海都沒發覺。

「啊，對了，青山。仁學長跟美咲學姊的事，妳剛剛才說到一半。」

七海再度向空太招招手。空太順勢把耳朵湊上去後，七海將身子靠了過來。大地則是顧慮到這點，貼心地去擦桌子了。

「三鷹學長跟上井草學姊……發生什麼事了嗎？」

「什麼事是指？」

「……我在來這裡的路上看到了。」

「看到什麼？」

「兩個人攬著手走在一起。」

「咦？」

「很像男女朋友的氣氛……喔？」

「真的嗎？我什麼也沒聽說耶？該不會是看錯了吧？」

「雖然距離有點遠……不過我覺得應該不會看錯那兩個人。」

七海思考了一下。

「說得也是。」

「我還以為神田同學應該會知道些什麼。因為你跟上井草學姊感情很好。」

「我只是為了地球的未來，正努力與外星人相互理解而已。」

「抱歉……突然跟你說這些事。」

「不，無所謂啦……不過，這樣啊。那兩個人啊……」

因為空太一直以為不是那麼簡單的關係，所以感到有些掃興。不過，這的確是好事。是仁的心境上有了改變吧？說不定他已經找到不會被美咲的才能所釋放出的光芒灼燒的方法了。

再說，如果仁與美咲能在一起，真的是再好不過。

空太這麼想著，把看店的工作交給七海跟大地，帶著興高采烈的心情走出教室。

2

目的地從一開始就決定了。

那就是美術科舉辦「森林的作品展」的美術教室。

空太在走廊上快步前進，開始在意周圍的視線，看樣子似乎是受到了注目。

看到自己映在玻璃上的樣子，空太這才想起身上還穿著服務生的制服。要回去換好衣服再出來嗎？不過，反正一個小時後又要再換回這身打扮，不如就這樣算了。空太一邊享受著集中在自己身上的目光，一邊走向美術教室。

他爬上樓梯，在走廊上前進。前面就是空太的目的地，與普通科教室不同棟的美術教室。

真白究竟在嗎？真的會做貓女郎的打扮嗎？空太心中的期待與不安跳動著，穿過走廊來到美術教室前。

結果立刻就發現了真白的身影。

貓女郎真白拿著畫有「森林的作品展等等」的看板，坐在門口的服務台。

「這、這是？」

即使空太腦袋正在思考「等等」是指什麼，但視線卻集中在真白身上。

不過，跟空太原本想像的有很大的不同。兩手雖然是肉墊，但沒有戴著貓手套。雖然有貓耳朵，卻不是貓耳髮圈。雖然綁著項圈與鈴鐺，卻沒有飄蕩出邪惡的氣息。而且幾乎沒有裸露。

那麼，到底是什麼呢？以一句話來形容的話，就是貓的布偶裝。之所以會知道裡面的人是真白，是因為張得大大的嘴巴部分，露出了真白可愛的臉蛋，畫面看起來像是頭被咬住了。雖然這樣也挺可愛的，不過空太卻掩不住失望。

「……妳在幹什麼？」

拿著看板的真白抬頭看著空太。

「歡迎光臨。這裡是『森林的作品展等等』。」

「我在問妳這是在幹什麼。」

「歡迎光臨。這裡是『森林的作品展等等』。」

「妳是電玩裡的村民啊！」

「是看板娘。」

「妳說的意思不對吧？幹嘛一臉好像自己講了很厲害的話的表情？」

「空太才是，你在做什麼？」

真白的目光從空太的頭移動到腳下，然後再回到臉上。

「我們班上做的是巧克力香蕉咖啡廳。這是服務生。」

空太明明已經很確切地說明，真白卻還是用清澈的雙眼直盯著空太。空太覺得很不好意思，於是把視線別開。

真白的眼眸蘊含著讓人無法冷靜下來的魔力。而且，雖然已經照顧她好幾個月，也比較習慣了，所以對於真白的防禦力已經提高了許多，但是因為那天在成田機場見習用平台上所發生的事，讓空太穿戴的盔甲全都被卸下，呈現赤裸裸的狀態。

而現在已經從喵波隆的開發被解放，沒辦法轉移注意力了。

真白的每個言行舉止，都輕易地侵蝕空太的內心深處。

光是眼神相交就快受不了了。

「那個……我說妳啊……」

「……」

真白依然不發一語。

「那、那個時候，給麗塔送行的那個時候，妳說什麼……」

「我喜歡你。」

「咦咦？」

空太就像彈跳起來一般，以全身表現出驚訝。

「喜歡你這身打扮。」

「……咦？」

在喜悅來臨之前，失望先抵達了空太身邊。

「空太，好可愛。」

「……這樣嗎？」

拜託妳，至少說聲好帥吧。

空太全身無力。這時大概是因為聽到美術教室外面的吵雜聲，使得美咲打開教室門，從裡頭走了出來。她也穿著跟真白類似的熊布偶裝。

「喔～～！學弟，好久不見了！」

美咲一邊充滿精神地打招呼，一邊揮出熊拳。空太毫無防備地呆站著，左臉頰遭到痛擊。

「早上才見過吧！」

「已經分開六個小時啦！」

先撇開這個不管，為什麼美咲會在這裡呢？照七海所說的，不是應該正在跟仁約會嗎……

「那個，學姊，我有個問題……」

「我知道了，學弟！到裡面看看來當作道歉吧！來～帶一位客人～！」

美咲的熊掌以捕捉鮭魚的氣勢抓住空太的雙手，把他拖進森林的作品展裡去了。當然她也沒聽空太的疑問。兩人後頭還跟來了放棄看板娘工作的真白。

「妳不用管外面嗎？」

「我對看板娘已經膩了，所以無所謂。」

「就是有像椎名妳這種人，最近的年輕人才會老是被人家說閒話！」

「小真白，已經是換班的時間了，所以沒關係喔～！」

「那就早說！」

要同時應付真白與美咲，對地球人來說負擔太重。既然現在已經知道了貓女郎的真相，也沒有久留的道理，還是趁早離開比較好吧。

空太正想著這些事，一陣誘發食慾的香味傳了過來。肚子「咕嚕」的叫了，不過叫的人是真白。

「別搶走我肚子上場的機會！」

「還差得遠呢。」

「幹嘛一副得意洋洋的樣子！妳是女孩子就該否認吧！如果是青山，至少會說『才、才不是我呢』。」

不，說不定不會這麼說。不過，之前發生這種事的時候，她至少還會敷衍帶過。

「不是我。」

「太遲了。」

兩人受到聞起來很美味的香味引誘，環視美術教室內。與聽到「森林的作品展」時所想像的，似乎有很大的差異。

教室整體的確是被裝飾得很像森林，牆上也掛著作品，不過現場擺放著桌椅，以客人身分造訪的學生們津津有味地大口吃著蛋包飯。看似店員的美術科學生們，全都跟美咲或真白一樣，穿著布偶裝來接待客人。這與其說是森林的作品展，倒不如說是森林咖啡廳要來得貼切。

哪裡弄來這麼多的布偶裝呢？共有十隻，相當壯觀。

「在討論美術科要做什麼的時候，一年級是『作品展』、二年級是『時尚的咖啡廳』、三年級則是『肖像畫』，意見完全不一致。而且，我是『森林』、『蛋包飯』跟『布偶裝』的絕不妥協派，所以就把這些全都混在一起囉！」

「為什麼每個學年是集中提出一個提案，而學姊一個人就提了三個任性的意見啊！」

看來在美術科裡，似乎是把一年級生、二年級生與三年級生這三個團體，跟美咲個人當做同一等級看待。可以的話，真希望就這樣不要知道這驚人的事實，繼續過活就好。

「如此這般，所以今年美術科就決定是『森林的作品展等等』了！」

「等等的比例太重了！」

美咲帶領空太坐到椅子上。與布偶裝面對面，實在是超現實。而真白的面無表情，更加深了這樣的感覺。

暫時退到廚房去的美咲，立刻帶著裝盤的蛋包飯回來了。蛋包飯在空太的眼前，看來很美味似地冒著熱氣。

「那麼，作品展、咖啡廳，還有蛋包飯、森林及布偶裝都已經看到了。肖像畫呢？」

「可以選擇學弟喜歡的人喔。指名時間！」

「啊？指名？」

「最有人氣的是我喔！」

「請誰來回答一下我的疑問！」

空太看了隔壁桌，穿著熊貓布偶裝的學生，用番茄醬在客人點的蛋包飯上畫畫。是肖像。其他桌也一樣，兔子布偶裝或獅子布偶裝，靈巧地用番茄醬畫著肖像畫。

這樣就了解狀況了。原來可以選擇希望由誰來畫。

「我來畫。」

真白不由分說地伸手拿番茄醬。

「學弟，我跟小真白，你要選哪一個！」

美咲的臉不斷逼近，只差一點就要接吻了。

「美咲學姊，靠太近了！」

空太雙手夾住熊頭，用力地把美咲推回去。

「我跟學弟的關係，沒有遠近的問題！」

美咲不肯退讓。

還是趁早決定的好，受到教室內同學們的注目實在很丟臉，而來自面無表情直盯著自己看的真白壓力也不容小覷。

現在她也一副隨時會把番茄醬噴過來的感覺……空太才正這麼想，真白就真的瞄準了射擊過來。

空太的鼻子受到直擊，被染得紅通通。為了閃開而轉了身子的美咲終於把手放開。

「妳打算在我臉上畫肖像畫嗎？椎名！真是創新啊！」

「不是。」

「不然是什麼啊！嚇死人了！」

空太用面紙擦掉番茄醬。

「把你弄得亂七八糟了。」

「妳是最近失控的年輕人嗎！現在有在反省了嗎？」

「沒有。」

「給我反省！」

雖然真白總是這樣，但空太對她的行為原理實在是摸不著頭緒。

「不，還是算了。既然椎名妳那麼想畫肖像畫，就拜託妳了。」

「居然捨棄人家，實在是太過分了，學弟！我們可是都住在一起一年了！」

「如果對於冷漠的視線變得樂在其中就慘了，美咲學姊不要再說些有的沒的了！」

「回去以後就要跟你相好，給我記著！今天一定要你陪我到天亮～～！」

美咲直到最後都投下大量的炸彈，因為有其他客人指名，便喊著「呀喝」跑走了。真的是暴風雨，是屬於颶風或風暴之類的天災。難怪會是天才……（註：日文「天災」音同「天才」）

眼前的桌上，真白開始默默地在蛋包飯上畫起肖像畫。她帶著認真的神情，控制番茄醬的手彷彿拿畫筆般順暢，也沒確認空太長相，只是在蛋包飯這塊畫布上揮灑著。

才不過一分鐘，蛋包飯上的空太肖像畫已經完成了。似乎不管是什麼樣的道具，天才就是天才。

「好了。」

真是驚人的品質，實在看不出來是用番茄醬畫的。真實的質感與存在感，不像是在蛋包飯上畫出來的。彷彿空太就在那裡一般……

「嗯嗯……確實是好了呢。根本已經超越了肖像畫！連食慾都沒了！」

「沒問題的。」

「哪裡沒問題！」

「有句話叫自相殘殺。」

「妳這是在整人吧！」

隔壁桌客人請美咲畫的蛋包飯上，卡通風格的可愛肖像畫令人忍不住露出笑容。

「明明就畫得很好。」

真白一臉不滿的表情。

「因為這樣害得我都沒食慾啦！」

「你不吃的話……」

要吃這個，還需要一些促進食慾的香料。

「我就來吃空太。」

對於真白的發言，周圍的客人發出了「咦？」「什麼？」驚訝的聲音。

「不要說得這麼直接！這樣聽起來好像我會被怎麼樣似的！」

「被怎麼樣是指什麼？」

「那、那就是……」

空太想像著真白逼近的畫面，就閉上了嘴巴。

「哇～我到底在想什麼啊！」

空太搖搖頭，把煩惱都甩掉。

受不了繼續投射出疑問的真白視線，空太開始狼吞虎嚥把蛋包飯放進胃袋裡。

一眨眼的工夫，盤子已經空了。空太喝了水喘口氣，這時幫其他客人畫完肖像畫的美咲走了回來。

「我親手做的蛋包飯，緊緊地抓住學弟的胃袋了喔！」

之所以會覺得很好吃，原來是這麼一回事。雖然在櫻花莊裡最會做菜的是仁，不過美咲是僅次於仁的高手。

「胃袋？」

「對啊，小真白！戀愛有三個很重要的袋喔！」

「那是指婚姻生活吧！堪忍袋、薪水袋還有御袋（註：日文中「堪忍袋」是指「忍耐」，「御袋」則是「母親」的意思）。」

真白大概是第一次聽說吧，只見她歪著頭感到不解。

「錯了，學弟！戀愛是胃袋！手袋！還有金……（註：日文中「手袋」是指「手套」，「金袋」是指「陰囊」。這是在結婚典禮致詞中常出現的黃色笑話）」

「哇～！那個不能講！」

「巾著袋（註：縮口小錢包或小腰包。開頭的發音與「金袋」相同）？」

「喔喔，沒想到妳竟然知道～小真白！就是這樣，一開始抓住胃袋是最重要的喔！」

好不容易得到七海給的休息時間，光是待在這裡對身體一點都不好。比看店更消耗體力，讓人費心傷神。既然已經把蛋包飯擺平了，還是儘早離開為妙。

「感謝招待。」

空太把錢付給美咲後便站起來。他決定在被捲入更多麻煩之前，趕快離開教室。

結果不知道為什麼，真白也跟了過來，在門前抓住空太腰間的皮帶。

「怎、怎麼了，椎名？」

「今天已經不用輪班了。」

「啊，這樣嗎？」

「嗯。」

「辛苦妳了。」

「……」

「呃～～……」

「…………」

「要跟我去走走逛逛嗎？」

「嗯。」

真白點了點戴著布偶裝的大頭。

空太想在外面等真白脫下布偶裝，於是來到走廊上。沒想到真白又緊緊跟了上來。

「妳打算以那身裝扮一起來嗎？」

「嗯。」

「不要用那麼直率的眼神肯定！」

「哪裡奇怪嗎？」

「整體都很奇怪啦！」

「明明很可愛的。」

「夠了，把那個脫掉。不然會變成大家注目的焦點！」

真白心不甘情不願地拿下頭套，接著一副要空太把拉鍊拉下來的樣子，將背部轉向他。

空太順著真白的意思，把拉鍊拉下直到露出肩膀，這時他的手突然停住。看到白皙美麗的背，肩胛骨的柔軟曲線微微地浮現出來。雖然抱著為什麼會是露出肌膚的疑問，空太還是很冷靜地把拉鍊拉回上端。

順便也把布偶裝的頭套戴回真白頭上。

「怎麼了？」

「怎麼了的是妳吧！」

「好過分。」

「妳為什麼會是以剛出生的狀態披著貓皮啊！」

「不用擔心。」

「不用擔心什麼？為什麼？」

「我有穿內褲。」

「內褲沒有萬能到可以一件就解決一切！」

「我相信可以。」

「不准相信！上面呢？真的什麼都沒穿嗎？」

「上面？」

「指胸部一帶啦！」

「最近有稍微變大一點。」

「我、我沒叫妳洩露這種極機密情報啦……真、真的嗎？」

真白點點頭。

「尺寸是秘密。」

「更早之前就該是秘密了！我都變得莫名其妙了起來！」

「空太老是在生氣。對我不溫柔。」

「我倒覺得自己對妳超溫柔的囉？」

「那就是倦怠期吧。」

「妳是想說叛逆期嗎？」

「也可以這麼說。」

「是只能這麼說啦！什麼跟什麼啊，倦怠期……又不是一成不變的老夫老妻！」

「空太的那種感覺，我已經看膩了。」

「我為什麼要被說得好像是已經過了全盛時期的搞笑藝人啊！」

「現在正是重要的時刻。」

「妳這個高姿態的觀點真是讓人火大！」

「我其實也沒有那樣。」

「算了……夠了。好，妳趕快去換個制服吧。」

真白一副「給我」的表情，伸出兩隻手。

「這手是幹什麼？」

「換穿的衣服。」

「制服去哪裡了！」

「沒有。」

「……咦？」

「沒有。」

「什麼意思？弄丟了嗎？」

「沒帶著。」

明明人在學校卻沒帶制服，這是怎麼一回事？好比說，運動社有穿著運動服來上學又穿著運動服回家的學生。實際上也有幾個印象中完全沒穿過制服的同學。如果是跟這些狀況一樣，又該怎麼辦？

「……妳是怎麼來學校的？」

空太心驚膽顫地逼近真相。

「走路來的。」

「我不是在問這個！」

「跟美咲一起來的。」

「穿什麼衣服？」

「這個。」

真白這麼說著，轉著圈圈似乎是在展示身上的服裝。

「……穿著布偶裝來學校的嗎？」

「是啊。」

「妳真是無畏無懼啊！什麼事情都做得出來！」

「你在說什麼？」

「到了這個地步，我已經開始覺得自己很奇怪也說不定呢。喂！」

今天空太因為班上需要輪班看店，所以沒跟真白一起上學。看來這決定似乎錯了。不，把真白交代給美咲，本身就是個錯誤。

「空太。」

「有何指教？」

「要脫嗎？」

「拜託請您務必要穿著。」

空太連說些什麼的力氣都沒了，於是決定自己穿著服務生的打扮，而真白則是以貓布偶裝的姿態逛文化祭。

「啊，對了，忘了問美咲學姊有關仁學長的事……算了，之後再問就好了。」

3

去年的文化祭，空太有些憧憬。

憧憬與女孩子一起到處逛……

他羨慕情侶們，卻只能遠遠看著，並且發誓明年一定要實現願望。

如今實現了。

與可愛得沒話說的女孩子在攤販間邊買邊吃，緩緩地走在大學中央的林蔭大道上。

她說想吃章魚燒，他就去跟著大排長龍；她說想吃大阪燒，他就用跑的去買；她說想吃炒麵，他便確認了一下錢包裡頭的錢。

然後，現在是買了鯛魚燒，正在尋找可以坐著吃的地方。

鯛魚燒引人食指大動的香氣，從紙袋裡飄了出來。空太正在享受這香味的時候，右手突然被一陣溫暖包圍。

「什、什麼事？」

他全身受到驚嚇地看著自己的右手，發現正與真白牽著手。那是套著布偶裝毛茸茸的手。

「為了不讓空太迷路。」

「會迷路的是椎名吧！」

「老實一點比較好喔。」

「我沒在逞強啊！」

空太有些破音，是因為緊張。

「…………」

「什、什麼啊？幹嘛突然不講話？」

「總覺得……」

「總覺得什麼啊？」

「就是想牽手看看。」

「……！」

真白口氣淡然，一如往常地面無表情。空太搞不懂是什麼意思，頭痛得想抱著頭。不過因為兩手分別被鯛魚燒跟真白的手填得滿滿的，所以也沒辦法，空太只能無意義地用力踏著地面往前走。

心跳變快了，呼吸有些困難。

跟女孩子共度文化祭的憧憬，似乎跟想像的有相當大的差異，所以無法單純覺得很開心。這全都是在旁邊走得搖搖晃晃的大貓的錯。

「我為什麼要陪一隻布偶啊……」

「是空太拜託我的喔。」

「因為選項只有一個啦！」

自己很清楚事到如今再抱怨也沒用。雖然很清楚，但是上帝就不能讓自己跟一個普通的女孩子逛文化祭嗎？

現在這樣空太就真的是飼主了。

「空太，我累了。」

「誰叫妳要穿著這個東西！」

空太讓真白坐在林蔭大道旁的圓粗長椅上，自己也在旁邊坐下來，並把熱騰騰的鯛魚燒遞給真白。

「很燙，小心點。」

真白不發一語地從頭開始啃咬起鯛魚燒，與貓布偶裝莫名地契合，看起來很可笑。空太露出無力的笑容，也把鯛魚燒送進嘴裡。

冷風吹過腳邊。時序進入十一月，冬天的感覺越來越濃，像在蒸籠裡一樣悶熱的夏天已經讓人覺得懷念。

在前方的林蔭大道上來來往往的行人，喧鬧聲騷擾著耳朵，還聽得到攤販為了吸引人潮的小號聲。演奏得很道地，大概是吹奏的男學生專攻的樂器吧。

曲子結束後，周圍響起熱烈的掌聲，但是停止之後只剩下人群的吵雜聲。

空太仔細地品嚐最後剩下的鯛魚燒尾巴，慢慢地吞嚥下去。真白還在吃，動著小小的嘴仔細地咀嚼……

「那個，椎名……妳那個時候……給麗塔送行之後，說了什麼？」

空太無法正視真白的臉，始終看著前方。

這次終於能好好地問她了。

但是，真白沒有回應。

空太帶著如履薄冰的謹慎，靜靜地把臉轉向旁邊。

不知道為什麼，真白的臉就在眼前，距離大約十公分左右，而且還在繼續靠近中。空太的目光自然朝向真白的朱唇。他連聲音都發不出來，反射性地閉上眼睛。

這時，他的唇邊突然被舔了一下。

空太背脊一顫，從長椅上跌落下來。

「妳、妳在做什麼啊！」

「沾到紅豆餡了。」

「還以為魂魄會被嚇得飛出來！」

「跑出來的話再弄回去。」

「怎麼弄？」

「靠臂力。」

「不要對那麼細的手臂指望臂力！如果是沾到紅豆餡，跟我講一下我就可以自己擦掉了！而、而且真要弄掉的話，妳還有手吧！用手！」

「貓的手不能借你（註：原文是比喻非常忙碌，連貓的手都想借來用）。」

「誰叫妳說笑話了！」

「我正忙著拿鯛魚燒。」

真白將很珍惜地拿著鯛魚燒的雙手伸了過來。

「這種事妳有點自覺吧！不要再拿我耍著玩了！」

真白毫不在意空太的感覺，把咬了一半的鯛魚燒遞過來。

「要吃嗎？」

「都叫妳不要這樣做了。」

空太感到無力地坐回長椅上，而且是盡可能離真白最遠的那一端……

「我只會這樣對空太。」

「什麼！」

真白不經意的一句話，使得空太瞬間脹紅了臉。他感覺到自己的血液往上衝，內心動搖，心跳逐漸加速，全身冒汗，連一句機伶點的話都擠不出來。

拿著鯛魚燒的真白，靠近到彼此會碰到肩膀的距離，眼神傾訴著希望空太吃掉它。

因為一再被耍實在令人生氣，空太也固執了起來，不發一語地把她遞出來的鯛魚燒給吃了。完全不知道有些變涼的鯛魚燒味道如何，空太只是像要閃躲什麼似地，快速地咀嚼後吞下去。

在那期間，真白一直盯著他不放。

「胃袋被抓住了嗎？」

「啊？」

因為美咲多嘴說了那些話，連真白都開始說奇怪的話了。

「我說啊，所謂抓住男孩子的胃袋，是要用親手做的料理。不管這個鯛魚燒有多好吃，只要不是椎名做的就不行。如果我被這個抓住胃袋，那我的心不就要被攤販的大叔給奪走了嗎！」

雖然真白每次都是這樣，但她的言行舉止實在太唐突了。

到底要抓住空太的胃袋做什麼？

況且，就算胃袋沒被抓住，空太也覺得有其他更重要的東西被真白抓住了。當然這些話不會對真白說就是了。

「親手做料理……」

雖然真白在口中喃喃說著不祥的字彙，但空太不想自掘墳墓，所以決定不再深究。

沒有特別的對話，只是與真白並肩坐在長椅上待了一陣子。雖然跟心中所憧憬與女孩子歡度的文化祭差異很大，但空太覺得這樣搞不好也不錯。

不過他還是對於成田機場的話題被忽略了兩次感到有些失望，要重問也實在很難開口。既然都已經這樣了，同樣的問題暫時是沒辦法再說出口了。好不容易鼓起勇氣問的，看來也只能繼續忍耐了……

過了一會，突然感覺到人的氣息。在隔壁距離兩公尺左右的長椅上，不知何時坐了一位男性。男性的年紀大約三十歲，穿著隨興的牛仔褲與連帽大衣，以一臉感到懷念的表情看著在眼前川流不息的人群。

那沉穩的姿態，總覺得在哪裡看過。

察覺到空太視線的男性，緩緩把頭轉向旁邊。

「啊！」

目光對上的瞬間，空太發出了聲音，真白則是一臉不解的表情。

這是第二次遇到眼前的這個人。

「喔？好像在哪裡見過的感覺……」

對方看來也還記得。

「藤澤和希……先生。」

之前見面大約是兩個月前的事，是遊戲企劃甄選活動報告的時候。當時藤澤和希以評審的身分，坐在空太面前。

「啊啊，對了……在『來做遊戲吧』的報告上見過。」

「啊、是、是的。您會特別記得這些事嗎？」

「因為現職高中生還滿罕見的。不過，原來你是水高的學生啊。那就是我的學弟囉。」

和希很開心似地露出親切的笑容。

「坐在你旁邊的可愛貓咪是你女朋友嗎？真羨慕呢。」

空太與真白對看了一眼。

「不是！」

然後立即把事實告訴和希，並且對真白耳語：

「不准說飼主什麼的喔？」

真白一副知道了的樣子點點頭，思考了一下之後說：

「空太平時承蒙您的照顧了。」

她這麼說著，向和希點頭致意。

「啊～～妳在說什麼東西啊！」

「不對嗎？」

「不對！要說照顧的話，是我平常對妳做的事！」

「跟報告時的印象很不一樣呢。」

和希感到很有趣似地笑著。空太覺得丟臉而閉上了嘴，並向真白叮嚀不要再多話了。

「藤澤先生，為什麼會在學校裡？」

雖然知道他因為特別演講而來參加文化祭，不過那應該是三天前禮拜六的行程了。之所以記得那麼清楚，是因為當時自己雖然很想去，但喵波隆的開發還未完成，只好含淚放棄。

「因為演講會的慶功配合後夜祭，要在大學的餐廳裡舉辦。以前媒體社時代很照顧我的教授要我『務必出席』，我不就沒辦法拒絕了嗎？因為算是託那個人的福，我才能夠畢業的。」

懷念著往昔的和希表情溫和，空太感受到了不知名的溫柔，充滿了讓人也想在未來的某日露出這種笑容的溫暖。

「在那之後怎麼樣了？還有繼續參加『來做遊戲吧』嗎？」

「每個月會參加一次，不過結果都……」

即使忙於喵波隆的製作，空太還是分別在九月跟十月都提出了企劃書。九月是能享受豪華的畫面與戰鬥的節奏動作戰鬥遊戲；十月則是一起幫助並育成網路上的地球這樣的培育遊戲。不管哪個都是空太的自信之作，但結果卻是無情地落選了。

——本次未能入選，尚乞理解。

通知書上只有這種官方文字。

因為八月份所做的人生第一份企劃書進入報告階段，所以空太以為這次也會通過。在收到通知書的幾天裡，他都還無法接受事實。

因為空太認為書面審查一定會通過，已經開始進行報告準備了。

「雖然由我來說也滿奇怪的，不過那個審查是很嚴格的。」

和希若無其事地說著。

「我在學生時代也寫了不少企劃書。有人告訴我，跟別人一樣努力就想跑到別人的前面，那是愚昧可笑的。從那之後，我就每天都提出一個企劃。」

「每天都……一個嗎？」

「當然，那些都是缺乏新鮮感、只是模仿或改良某些東西，以企劃而言太薄弱了。當中有九成都自己消毀了，剩下的一成，除了合格的以外，其他的都不行。」

做到這種程度，才好不容易只有一個在無數的企劃書中受到認同，然後被開發嗎……

就連現在能不斷製作出暢銷商品的開發者都如此了，自己得更加把勁才行。每個月一次根本就不夠，每週提出一次說不定是太勉強的目標，但現在也不是害怕這種事的時候。

不能忘記還有人做得更多。雖然在喵波隆的開發時，已經看到了毫不妥協要求完美的真白、美咲還有龍之介，但空太卻老是在關鍵的時刻畫地自限。

如果以「這樣應該就夠了」為起點再往前進，大概才能與努力這個字眼相稱。

真白不都親身教了自己這些事嗎？

「當時，製作企劃書就是單純地很開心，所以我不過是像個笨蛋般不斷地做而已。」

「現在……那個……又是如何呢？」

「工作很快樂啊。雖然因為習慣了很多事，所以那些變得有些無聊。」

「……我有點不太懂。」

「哈哈，不然我就傷腦筋了。因為你還年輕。話說回來……」

「什麼？」

「你不問嗎？」

「咦？」

「問我怎麼樣才能成為開發者。」

「啊，對不起。」

「這沒什麼好道歉的。就算你問了，我也不打算回答。星期六的時候也是這個問題被提出最多次，真是讓人傷腦筋。」

「為什麼您不回答呢？」

「我並不是因為壞心眼所以不說的……我覺得想要去做什麼的衝動跟欲望，是從自己內心油然而生，並不是要別人來傳授訣竅的。在企劃立案的技術，或者是平衡調整的思考等部分，確實是可以教導。但是，別人想做些什麼，就不是我能知道的了。」

「的確……是這樣沒錯。」

「況且，有想做的東西，並且強烈地擁有想做的衝動與欲望的人，是會自己動起來的。就像你一樣。」

「不，我並沒有那麼……」

只是剛好周圍有激勵自己的夥伴們，因為害怕會追不上而突然動了起來而已。現在還只是被真白的創作欲望、美咲的充滿能量以及七海的努力拖著跑罷了。

正因為如此，所以不能夠永遠向這個受其恩惠的環境撒嬌，一定要找出自己的步調，僅靠自己的雙腳、憑自己的力量動起來才行。

現在只是順著大家所製造出來的波流；未來想成為製造潮流的人。

「包含我在內，關於現在從事開發者工作的所有人，都有一個共通點。」

「那是？」

「就是……不中途放棄。雖然動機跟原委有所不同，但只有這一點是相同的。」

「……不放棄。」

「然後，想要不中途放棄地持續前進，是有一點訣竅的。」

「訣竅？」

不管怎麼想破頭，空太的腦袋也想不出那會是什麼。

「不要只看遠方的終點，在途中也做幾個小的目標。比方說，以三個月、半年、一年、三年左右的間隔，設定些稍微努力就可能達成的務實目標，一邊一個接一個實現，一邊朝向最終目標前進，這樣在中途就能嘗到多次的成就感。而且，如果設定期限，人也會變得比較有計畫性，在時間表的管理也會比較得心應手。雖然也許聽起來有些沒有夢想的感覺……」

和希這麼說著，曖昧地笑了。

「說了些聽起來很像在說教的話呢。真是抱歉。」

空太用力地搖著頭。

「感謝您這麼寶貴的一席話。」

「那就好。啊，對了，換個話題，你認識一位名叫千石千尋的老師嗎？應該是在水高擔任美術老師。」

和希說出口的名字實在太令人意外了，以致於空太沒辦法立即反應。

反倒是真白靜靜地回答：

「認識。一起住在櫻花莊啊。」

「真是叫人意外啊。沒想到除了同校以外，你們也是櫻花莊的學弟妹啊。」

帶著些許苦笑的和希露出了微笑。

「咦？藤澤先生以前也是住在櫻花莊嗎？」

「哈哈，那個時候還很年輕呢。還常常潛入大學的課堂去聽課。不過，沒想到那麼認真的千石同學會擔任櫻花莊的老師啊……」

「啥？認真？」

這是跟空太所認識的千尋最扯不上關係的字眼。該不會是在講另一個同名同姓的人吧？不，這畢竟不像是到處都會有的名字。

「那個，藤澤先生跟千尋老師是……」

「同屆同學……這樣的說法應該恰當吧。對我而言，她是我學生時代憧憬的女孩子。」

「咦？」

在驚訝的空太身邊，真白也張大了嘴。

「呃，真是難為情啊。」

這世界實在太小了。話說回來，沒想到千尋會是……

「對了，可以拜託你一件事嗎？」

「啊，好啊。什麼事？」

和希拿出一張名片，在背面寫上手機號碼後遞給空太。

「請交給千石同學。」

「既然這樣，要不要我現在去叫她過來？」

空太說著從口袋裡拿出手機。

「很感謝你的提議，不過還是不用了。反正她應該不想見到我吧。」

「這、這樣嗎？」

「那張名片恐怕也會被撕爛後丟掉吧。請你不用介意，反正這只是無謂的掙扎。」

照這樣子看起來，該不會是現在還對千尋……如果是這樣，或許不要讓他們見面比較好，因為千尋應該變成跟他所想像不同的感覺。

曾經很認真的千尋變得懶散，自稱現在只有二十九歲又二十二個月，每當聯誼的時候妝就會化得像是大魔王似的。如果他看到這樣的千尋，夢想一定會幻滅的……回憶還是維持在美麗的狀態就好了。不，相反地，還是應該看看現實後清醒過來會比較好吧。

「那麼，我得到其他地方去打招呼了，先告辭了。」

在空太還沒做出結論前，和希這麼說著站起身來。

「很高興能和您聊聊。非常謝謝您。」

和希輕輕地舉起手回應空太所說的話，之後立刻消失在人群中。

「話說回來，那個千尋老師……很認真？」

果然還是無法置信。

「空太……」

「怎麼了？」

「不得了了。」

「哪裡怎麼個不得了了？」

吃完鯛魚燒的真白，雙腳有些內八地摩蹭著大腿。

「廁所嗎？」

真白輕輕地點頭。

「那就趕快去啊！」

「一個人是沒辦法的。沒辦法脫。」

真白把手伸到背後，但是又碰不到拉鍊。

「啊～～！不然你之前都是怎麼做的啊！」

終於理解事態嚴重性的空太大叫。

「因為有美咲在。」

總之，先往廁所移動吧。

空太拉著真白的手，把她帶進最近的美術學社大樓。

在走廊上小跑步前進，來到了女廁前面。

接下來才是問題。

「空太，進來。」

真白毫不猶豫，用力地拉著空太。

「等一下等一下！妳想害我被抓嗎！」

幾個在遠處圍觀的學生，以「在吵什麼？」的視線注意，讓空太無處可逃。

實在不能進去女廁。以男人而言……或者說以人而言不能這麼做。

不過，真白在布偶裝裡只穿了一條內褲，不能在外面脫。

在女廁前爭論的空太與真白，招來越來越多感到可疑的目光。

「沒、沒事啦。」

空太發出乾笑聲，拚了命想瞞混過去。

「總、總之，這裡不行！過來這裡！」

再找人較少的廁所吧，先看看這裡的二樓。空太抓著真白的手爬上二樓。這一層樓是大學生使用的區域，因為文化祭期間沒有開放，所以人突然變少。

這裡應該就沒問題了。

空太在女廁前先接下真白的頭套，再確認沒有人以後便進入女廁。空太在入口附近把布偶裝的拉鍊拉到腰部。如果是拉到這裡，之後自己應該伸手就能摸到。

真白關上廁所的門之後，空太便小心翼翼地避免被人看見，很慎重地走出女廁。

「呼～好險、好險。」

就在感到安心的瞬間，突然有人從背後抓住空太的肩膀。

「咿！」

「原來你有這種嗜好啊。」

轉過頭去，發現一起在櫻花莊生活的美術老師——千石千尋就站在身後。眼部帶著強有力的濃妝，今天也拚了命掩飾自己的年齡。

「啊、原來是老師啊……得救了～」

空太才剛放下心來，千尋就拿出手機，按下三個按鈕。「1」、「1」還有「0」。

「為什麼您企圖通報啊！」

「這是市民的義務。」

「明明其他義務都沒盡到，請不要只有在這個地方才變得認真！」

「什麼啊，女性之敵。」

「我都說不是了！這都是椎名害的。」

「什麼跟什麼啊？可以抵銷罪名的魔法字句嗎？」

「真要說起來，還不都是因為老師放棄照顧椎名才會這樣吧！」

這時候，真白從廁所走了出來。

「……」

即使與千尋目光對上，也沒特別說什麼。雖然兩個人是表姊妹，不過大概是年齡差距的關係吧，總覺得有些距離感。不過也說不定只是真白不擅交談而已……

「空太，幫我弄。」

空太將背對著自己的真白身上的拉鍊，從腰部一口氣拉上來。

「老師在這個地方做什麼？」

「原來你在玩最喜歡的野獸遊戲。」

不理會空太的話，千尋目不轉睛地盯著穿布偶裝的真白。

「請挑選像教師該有的用詞遣字！」

這時，有個嬌聲插話進來。

「千尋～不要丟下人家不管嘛～」

從走廊內側走過來的，是教現代國文的老師白山小春。跟千尋似乎是從高中就結下孽緣，平常也常看到兩個人在一起。

「咦？這不是神田同學跟椎名同學嗎？不行喔～不可以因為文化祭就玩得太過火，還在這裡進行繁殖行為。」

「連小春老師也在說些什麼東西啊！」

「每年都會有太過興奮，然後就在沒人的教室裡發情的學生，所以我們要像這樣巡邏。」

「……真的嗎？」

空太姑且向千尋確認。

「是啊。真是的，都是因為你們發情，我的工作才會增加。要做好歹也要挑地方。」

「老師才真的要挑用詞遣字！」

真白似懂非懂地什麼話也沒說，只是不斷眨著眼睛。

「啊，對了，老師。」

空太想起和希的事，把收在錢包裡的名片遞給千尋。

「這個，說是要給老師的。」

一臉不解的千尋收下名片。看到名字的瞬間，她的眉毛抽動了一下，表情忽然變得柔和，不過立刻又猙獰了起來。

「在哪裡遇到的？」

「林蔭大道旁的長椅上。」

「那裡就是大學畢業前夕，和希同學向千尋告白的地方耶。」

和希是為了沉浸在回憶裡而來的嗎？那麼，說不定自己打擾到他了。

「小春不用多話。神田也不准多問。」

「我知道啦。藤澤先生說後夜祭的時候，要在餐廳舉行演講會的慶功宴。去那邊說不定能遇到他……」

空太一邊看著千尋的臉色，一邊謹慎選擇用字轉達。

「啊，這樣嗎？那麼，我絕對不會接近餐廳的。」

千尋說著把和希的名片撕了好幾次，然後將變成紙花狀的四角碎紙，丟到廁所旁的垃圾桶裡去。

「……跟藤澤先生說的一樣。」

「啊？」

「沒有啦，他說妳應該會撕爛後丟掉吧。」

「真不愧是和希同學呢。很了解千尋嘛。」

小春帶著嘲弄的口吻，用肩膀撞了撞千尋。

千尋則用力地戳了小春的額頭，發出沉重的聲音。

「好～～痛喔！」

應該不是誇大，而是真的很痛吧。小春痛到眼角都滲出眼淚了。

「千尋就是這麼不坦率。」

「妳給我閉嘴。」

「明明就很想見和希同學～～」

「都叫妳閉嘴了。」

即使如此，小春還是不放棄。

「夏天的同學會明明就有見面的機會，千尋卻沒去。和希同學變得很有男子氣概了喔。」

「因為同學會、因為工作……對於沒有這種藉口就無法來見我的內心貧乏的男人，我才沒興趣。」

「千尋現在講的，也是不去見他的藉口吧。」

「我說妳喔。」

「以前的感覺明明很不錯，妳就不要再那麼固執了吧？」

「小春，妳要是再繼續說下去，我就要把熱騰騰的章魚燒塞進妳的嘴巴裡。」

千尋說完便大跨步離開了。

「真是……這種像小孩子一樣的戀愛要到什麼時候啊？不坦率的三十歲女人，根本就只剩不可愛而已吧？」

小春以眼神尋求認同。

「喔……」

空太只能含糊地回答。

過了走廊的轉角，已不見千尋的背影。

「千尋在學生時代，眼裡一～直都只有畫畫。」

「為什麼妳會那麼自然地開始說起以前的事！」

「神田同學跟椎名同學也想聽純真的戀愛故事吧？」

要說沒興趣是騙人的。不過，本人不在場的時候可以聽嗎？空太對此有些煩惱。再說，小春不是還有巡邏的工作嗎？

「我想聽。」

空太思考的同時，真白意外乾脆地回答。

「不愧是椎名同學，女孩子就是要聊戀愛故事來炒熱氣氛。」

「可是我是男的。」

「那個時候，和希也是忙於遊戲製作，雖然彼此知道在意著對方，卻完全沒有進展。兩個人的本質都是很認真，或者該說是很膽小……」

看了一下真白，她正仔細傾聽小春說話。

「因為各自有目標，千尋要成為畫家，和希同學要製作遊戲，所以沒有追求戀愛的餘力。結果，到最後只是一直追求著夢想，連手都還沒牽到就畢業了。」

這好像是第一次聽說原來千尋的目標是當畫家。

「畢業以後，和希同學馬上就著手於成立電玩公司，慢慢實現夢想……但是，千尋卻放棄當畫家，變成了美術老師。」

放棄了……聽到這句話，空太開始莫名地感到坐立不安。

「因為千尋一直很在意。」

「在意什麼？」

「和希同學所說的話。」

「那是？」

「『我喜歡千石同學的畫』……和希同學也真是說了過分的話。我到現在還忘不了那天千尋慌張的樣子。她說了『小春，怎麼辦……我剛剛回答了喔、這樣啊』這麼可愛的話，我一整個晚上都在陪她商量。」

「真是令人難以置信呢。」

那個千尋居然……不過，雖然難以置信，畢竟千尋也有過十幾歲的時候，並不是一開始就是成人了。就是因為經歷過這些事，才有了現在的她。

「但是，她現在卻成了美術老師，大學畢業後立刻就不再畫畫了。都這把年紀了，自尊還這麼強。她應該覺得事到如今也沒臉見和希同學了吧？」

好像能夠理解她的心情。如果未來自己一事無成，大概也沒辦法繼續待在真白身邊吧。心靈會被看不見的力量壓毀，絕對會受不了。

畢竟就連現在，有時也會因為與身為天才畫家、出道成為漫畫家的真白之間的差距，內心感到痛苦而無法成眠。

這時，空太口袋裡的手機突然震動了。

有簡訊。寄件人是七海。

「啊，糟了。」

一看時間，休息時間已經超過一個小時了。

——立刻回來。敢逃跑你就完了。

空太立刻編輯簡訊。小春大概是把想說的話都說完了而感到滿足吧，打了個招呼後，就往千尋消失的走廊小跑步離開。

——我馬上就回去！

完成簡短回信的空太，帶著真白快速回到工作崗位。

4

以相反方向在穿越大學中央的林蔭大道上前進，空太與真白的目的地是高中校舍。空太也習慣了集中在布偶裝身上的視線，已經覺得沒什麼了。

話雖如此，倒也沒必要刻意引人注目，所以空太避開了主要通路，前往經常出入的入口。因為文化祭期間沒有開放，所以沒什麼行人來往。

回到高中校園後，空太注意到走在稍前方的一對男女的背影。他對於兩人走路的方式還有肩寬有印象。男性是仁，而挽著他的手的女性是美咲。仁穿著制服，美咲則換成了便服。

「那個是仁學長跟美咲學姊吧？」

「是啊。」

既然真白也認同，應該沒有看錯。

就像空太準備要休息的時候，七海所說的一樣。不過，不知為何有些不協調的感覺。

空太為了確認是不是看錯了，便隱身躲到樹叢後面，與兩個人保持距離。

尾隨情侶的服務生與貓布偶。從旁看來，應該相當超現實吧。

仁與美咲沒有走向校舍，中途就離開主要道路，逐漸往裡頭較沒有人的地方走去。記得那邊應該是園藝社的花圃。

雖然被七海交待要趕快回去，但是因為很在意，空太還是跟了過去。

花圃除了仁與美咲以外，沒有其他人在。

空太與真白一起躲在倉庫後面，窺探兩個人的樣子。

在距離約十五公尺的花圃前，仁與美咲並肩看著花。

「為什麼會在這種地方……」

這麼說來，千尋與小春曾經說過，玩得太過火而進行繁殖行為什麼的……

這兩個人應該不會也來這套吧。

「學弟要玩躲迷藏的話，也要算人家一份～」

耳邊突然冒出聲音，空太差點驚叫出聲。他慌慌張張地用雙手摀住自己的嘴巴。

把身子靠過來的人，正是美咲。

「美咲學姊，請不要嚇人啦……咦？」

「怎麼樣？這身衣服，好看嗎？」

美咲完全無視空太的驚訝，以女服務生的打扮轉了一圈。那是空太班上使用的服裝。

「為什麼學姊會穿著這個？」

「因為想把巧克力香蕉全部吃個精光，所以去了學弟的班上，小七海就借給我了。」

雖然美咲完全省略了與七海的對話，但空太決定不要追問，聽了一定又會讓人頭痛。

「如何啊，學弟！可愛嗎！」

「很可愛。」

「很可愛喔，美咲。」

「……仁也會覺得可愛吧。」

聲音變小的美咲老實地說著。平常明明總是自信滿滿的，為什麼一扯上仁就會變得這麼柔弱呢？

「說到仁學長……」

既然美咲會出現在這裡，跟仁在一起的當然就不可能是美咲。

「仁怎麼了？」

「啊、不，沒事！」

還是別讓美咲看到他跟其他女孩子在一起。空太心裡才正這麼想，抬起頭來的美咲便目不轉睛地凝視著遠方。仁正是在那個方向，現在也正在花圃前，與……不是美咲的某人在一起。那到底是誰呢？

這個答案由美咲揭曉了。

「……姊姊。」

原來是這樣。美咲有個大兩歲的姊姊，原本是仁的女友……不過，那位姊姊來這裡做什麼呢？兩人看起來像是在談話，但是在這裡聽不到。這時，美咲躲在花圃後面靠了過去。

「啊，學姊！」

空太無可奈何，也帶著真白追上去。

正當他們在花圃後面目不轉睛地觀察時，美咲的姊姊風香開口了。

「把我帶到沒有人的地方，仁是打算做什麼呢？」

比美咲來得穩重的聲音，表情也比美咲成熟。但是兩人長得很像，感覺就像是看著未來的美咲。

「妳今天耍我也耍夠了吧。能告訴我妳來見我的理由嗎？」

「沒有事的話，青梅竹馬就不能來見你嗎？」

「見面有些尷尬吧。妳還記得甩了我的時候說了什麼嗎？」

「怎麼可能會忘記。」

「是這樣嗎？這種事往往反而是說出口的人會先忘掉呢。」

「像那樣因為自己的話而傷害別人，也傷害自己，是第一次也是最後一次，所以一輩子都不會忘的。」

以前曾經聽仁說過那些話。

——對仁而言，我不過是美咲的替代品而已。因為害怕傷害到美咲，因為想要她維持美麗乾淨的樣子留在身邊，所以抱的才會是我。

仁曾說過，自己一字一句都忘不了。

——你好歹也辯解一下吧。

跟最後的這句話，一起刻劃在內心。

「我之前對仁是認真的。」

「我也曾經是認真的啊。」

凝視著兩人的美咲，緊緊地閉著雙唇。

「那麼，要不要重新來過？」

「……」

「…………」

「我們彼此都變得比較成熟了吧？」

「我覺得這次會比較順利。」

「風香講的笑話一點都不好笑呢。」

「因為看仁一直很緊張，所以才想緩和氣氛的，真可惜。」

「……我在風香面前是抬不起頭的，當然會緊張。」

「不要一臉像被拋棄的小狗似的表情，好像我在欺負你一樣。」

「差不多吧？」

「嗯，算了。看到仁的這種表情，心情多少有好一些了。」

「真是過分啊。那麼，妳今天是來做什麼的？」

「我聽伯母說了，你大學要考大阪的學校？」

因為這句話，空太全身都緊繃了起來，無法立刻看美咲的臉。他的胸口一陣揪心，雖然一直想讓美咲知道仁報考外校的事，但是一旦到了這當下，內心就開始害怕起來。

空太戰戰兢兢地把頭轉過去，看了看美咲的側臉，結果卻是與想像的完全不同的感情等待著空太。美咲只是重複眨了眨眼，以無法看出正在想些什麼的雙眸，目不轉睛地看著仁與風香。

原本以為她一定會感情用事地衝出去逼問仁，卻沒有發生這種事。她的表面上看起來十分冷靜，這反而讓空太覺得不安。

「既然跟我爸媽聊過，那就全都被知道了吧。」

「為什麼要到大阪？」

「因為文藝學部比水明藝術大學要來的充實。」

搞不好這並不是在說謊。但是空太知道，為了要與美咲保持距離才是最大的原因。而且，這應該已經被風香看穿了。

「妳還真是毫不留情啊。」

「你比以前會找藉口了。」

仁動著肩膀，鼻子呼氣，無力地笑了。

「跟我交往的時候，明明會立刻沉默不語，而且不擅長說謊。」

「那樣的話，就是被風香磨練出來的吧。」

「我一點都不覺得高興喔？」

「男性的成長總是需要有魅力的女性力量，原來是真的呢。」

「你再說這些無聊的話，我就要揍你喔。」

仁舉起雙手，擺出投降的姿勢。

「真是討人厭的個性。然後呢？為什麼不告訴美咲？」

「時候到了自然就會告訴她。」

「時候到了是什麼時候啊！」

「……妳今天是為了說這些才來的嗎？」

瞬間風香為之語塞，這正是被仁說中的證明。即使如此，她還是很快恢復原來的氣勢。

「也不想想我是因為誰的關係才跟仁分手的。」

在空太身旁的美咲嚥了嚥口水，雙手握拳，像是極力忍耐著什麼東西。空太第一次看到這樣的美咲，感覺越來越不安。

「應該說是……為了我們彼此吧。」

「你真是變得會說些傲慢的話了。」

「因為我明年就是大學生了。如果考得上的話……不再只是個小孩子了。」

「你最好落榜。」

「這種時候應該要鼓勵我加油吧。」

「你最好落榜。」

「這麼說來，我就是最憧憬風香的這一點。」

「真是，你也變得越來越會逃避了。」

「……」

「仁。」

風香以認真的表情呼喚了這個名字。

「嗯？」

「……」

風香開口似乎要說些什麼，最後什麼也沒說又闔上了雙唇。

「我要回去了，送我到車站。」

她反而這麼說著，不待回應便自己一個人跨步走了出去。

「謹遵吩咐。」

故意裝模作樣的仁，追上風香的背影。

兩人通過空太等人藏身的樹叢前面，由走來的路折返回去。在這段期間，美咲全程用力地抓著空太的手臂，甚至還留下了紅色的痕跡……

即使已經看不見仁與風香了，美咲還是不肯放開。

「……美咲學姊？」

「…………」

「學姊？」

美咲的雙手靜靜地失去力量。她緩緩地站起身來，並拍掉沾在身上的泥土。空太跟真白也跟著站起來。

「…………」

美咲依然沒有說話，只是看著剛剛兩人談話的花圃。

空太對著她的背影出聲了。

「學姊……那個，對不起。」

「……」

「其實我已經知道了。有關仁學長要報考外面……大阪的大學。」

「學弟。」

美咲發出嘶啞的聲音。

「什、什麼事？」

「我……會努力讓仁注意到我的。」

「咦？」

「我已經受不了了……」

這麼說著轉過頭來的美咲，眼裡淌著淚水。

「在仁身邊的不是我……我已經受不了這種事了，學弟！」

從眼角流下一行淚。空太不知該回應什麼才好。

「我都快忘記了……仁跟姊姊開始交往的時候，我好後悔。後悔為什麼沒把好喜歡他的心情說出來呢……」

真白以肉墊手拭去美咲的眼淚，溫柔地摸摸她的頭。

「美咲……不要哭。」

「謝謝，小真白。」

美咲抱住真白。

「那、那個……學姊？」

「什麼？」

美咲吸著鼻涕，發出哽咽的聲音。

「那個，仁學長說要去大阪的大學。」

「嗯，他是這麼說的。」

「……還他是這麼說的咧……只有這樣嗎？」

放開真白的美咲，以園藝部花圃的植物葉子盛大地擤著鼻涕。

「不然還有什麼？」

她露出感到不可思議的眼神看著空太。

「咦？不是，如果仁學長考上了，就要去大阪了耶？這樣不就沒辦法每天見面了？這樣也無所謂嗎？」

「學弟，不可以瞧不起人類的文明喔！大阪的話，搭新幹線只要三個小時就到了啊。飛機就更快了，也可以每天去見他啊～！」

「……………」

空太張著嘴闔不起來。

太小看外星人了。距離與時間還有能源的概念，似乎都跟人類不一樣。如果是這樣，空太究竟是為了什麼而保持沉默至今呢？仁究竟是為了什麼要特別找能夠說出這件事的時機呢……這件事搞不好應該告訴仁。因為就算是青梅竹馬，大概也沒料想到美咲這種感覺吧。

順便給他忠告吧。告訴他如果想跟美咲保持距離，只能去念火星的大學了……他一定會喜極而泣的吧。

「從今天起，我決定要進行『愛的攻擊大作戰』！」

美咲振作起來，舉起拳頭。

對於這取之不盡、用之不竭的正面積極能量，空太只能苦笑。不過算了，這才是美咲，而且空太打從心底希望她能夠利用這行動力跟仁獲得幸福。

「我也來幫忙。有什麼我能做的請不要客氣。」

空太很清楚仁的想法。雖然美咲應該還沒有察覺，但仁比任何人都要喜歡美咲。不過，他有著無法與她約會、交往或者成為戀人的理由。因為美咲的才能太過炫目了。現在靠近的話，就會被那光亮給灼燒，自己的影子會變得比黑暗還深……

想相信這兩個人能夠一起跨越。

希望能夠看到一個答案；希望能夠告訴自己是有希望的。如果真的有的話……

如果只有絕望，那對仁或美咲……還有對空太而言都太過悲慘了。

「謝謝，學弟！我會辦到的！」

「這才是美咲學姊。」

「美咲，FIGHT。」

「事情就是這樣，那麼趕快趁後夜祭去邀約仁囉！」

美咲如此大聲宣言，向空太舉出拳頭。

5

運動場上那頭傳來眾人的強力氣息，熊熊燃燒的營火照亮星空。

到校舍後面垃圾場丟棄大量香蕉皮的空太，茫然看著明明不是黃昏卻被染得通紅的天空。

後夜祭已經開始了，空太之所以還一個人在這種地方，是因為嚴重拖延了七海給的一個小時休息時間，所以被迫幫忙執行委員的工作以做為處罰。

把最後的廚餘垃圾，仔細分類後堆疊上去。

這樣就完成了。雖然被課以重度勞動工作的身體出了些汗，但是手一停又馬上吸了回去。太陽下山後，空氣中已經可以嗅出冬天的氣息，變得相當冷。

空太正在喘口氣的當下，口袋裡的手機震動了。

有簡訊。

看到寄件者的瞬間，空太心想「果然來了」。

打開遠從英國漂洋過海寄來的簡訊。

——龍之介到底是長了什麼樣的神經啊！我可是畫了近百張的背景，他卻只是一句『做得很好。值得讚許。』太沒常識了吧。第一次寫給我的信是這種東西的話，我是不會善罷干休的。當然，雖然我並不是為了希望龍之介對我說什麼才參加喵波隆的製作……不過應該還有比較恰當的說法吧！那個人真的是最差勁了！等我下次去日本，就由我來讓他牢牢地記住，何謂對待女孩子的方法吧。請空太轉達給他，要他從現在開始期待。麗塔·愛因茲渥司

處於中立立場的空太看完，露出了複雜的表情。

龍之介冷淡的態度完全出現了反效果，這樣只是更點燃了麗塔鬥志的火焰而已。

——我會轉告他的。

總之先這麼回信之後，空太闔上了手機。

這時傳來土風舞的樂曲，校舍另一頭的運動場上響起了喧嚷聲。

「開始了嗎？」

那是帶著些許悲傷的旋律。並不是曲調的問題，大概是因為身體知道聽到這個就表示祭典即將結束了。畢竟空太是在這個城鎮出生，幾乎每年都這樣看著水明藝術大學與附屬高校，還有紅磚商店街共同合作所舉辦的文化祭。

「今年也即將結束了呢。」

總覺得這是個不同於往年的文化祭。被喵波隆的開發追著跑，雖然實際上參與的只有一小部分，但卻不覺得後悔。觀眾震耳欲聾的掌聲，還有溫暖的加油，現在也還殘留在耳裡……

身體已經開始渴望再品嘗一次。

踩在穿著室內鞋就能跑出來倒垃圾的外廊地板上，空太回到校舍內。要向應該還在教室裡的七海報告工作完成才行。

為了營造營火的高潮，校舍內不論走廊或教室都關著燈，帶著些微昏暗。能夠仰賴的只有運動場中央燃燒的營火，以及緊急照明燈。

空太爬上階梯，走向二年級教室所在的二樓。

幾乎所有的學生都集合在運動場，所以空太沒有跟任何人擦身而過。

隔著牆壁傳來的土風舞樂曲，與電影裡會出現的古老收音機發出的聲音很像。走在無人的校舍裡，彷彿正在演出故事中的某個場景。

今天發生了許多事。一早就在班上的「巧克力香蕉咖啡廳」看店，後來七海給了一個小時的休息時間，遇到了穿著布偶裝的真白，兩人小小約會了一下……在途中，還偶然遇上了藤澤和希。雖然細節不是很清楚，不過對於他跟千尋的關係，老實說讓人感到很驚訝，因為沒想到會在那些地方有這樣的連結。仁、美咲，還有姊姊風香的事，更是不斷地令人感到緊張、不安與焦慮。對於美咲的正面積極，已經超越了驚訝而達到令人傻眼的地步了。剛剛還收到來自麗塔的簡訊。今天真是發生了不少事。

應該不會再有狀況發生了吧。

空太來到自己班級的教室前，手放在門上時停止了動作。

「青山！」

因為裡面傳來聽起來很緊張的聲音。

從門縫窺視，發現正在摺著女服務生制服的七海面前，站著原本與空太住同一間房間的宮原大地。

「啊，馬上就好了。宮原同學先到後夜祭去吧。我們又不同班，如果連整理都請你幫忙的話，就太不好意思了。」

「不是那樣的。我有話要對妳說。」

空太覺得不應該看，便不再繼續窺視。可以的話，希望離開這裡。不過，要是因為亂動而發出聲音，搞不好會被發現，那就打擾到他們了。就在空太處在動彈不得的狀況下，大地以顫抖的聲音繼續說了：

「我喜歡青山。」

「……」

因為這句話，連空太都緊張了起來。雖然曾經想過大地該不會喜歡七海，但沒想到真的是如此……

「我會想擔任執行委員，也是因為青山。雖然我們不同班，但如果擔任執行委員，就有藉口可以接近青山。」

「……」

「神田還住在一般宿舍的時候……我們不是曾經一起照顧過貓嗎？從那時候開始，我的腦海裡就不斷想著青山。」

七海沒有說話。空太因為在意是怎麼回事，於是偷偷看了一下裡面，發現七海低著頭仔細地傾聽。

「我從以前……就喜歡妳了。」

「嗯。」

七海終於開口了。空太屏住氣息，下意識地嚥了口水。

「我最近完全只想著這件事，還產生了很多奇怪的妄想……」

「咦？妄、妄想？」

「啊啊！我幹嘛這麼多嘴。呃、就擅自想像自己跟青山去遊樂園約會，那個，很抱歉。」

「其他還有嗎？」

「動物園跟游泳池，還有海邊……啊、饒了我吧！」

雙手合掌的大地向七海低頭。七海忍不住噗嗤笑了出來。

「啊，太過分了。是嘲笑別人的告白嗎？」

「抱、抱歉，我不是那個意思……只是覺得宮原同學真是直率啊。」

「那跟笨蛋是同義詞？」

「不是不是！」

因為七海的表情不再僵硬，大地的緊張也獲得了相當的舒緩。

「妳拚了命在否認喔，青山……果然是把我當笨蛋。」

「真是的，不要這麼說嘛。我只是直接說出意見而已。」

「那麼，就順便讓我聽聽直接的答覆吧。」

在這瞬間，就算從遠處也看得出來七海的臉上蒙上一層陰影。

即使不是當事者也覺得心痛。空太將身子從門前移開，靜靜地摀上了耳朵。

「對不起。」

雖然如此，還是清楚聽見七海的聲音。

「啊～不行嗎～～」

大地彷彿將累積在身上的所有情感，一下子宣洩出來般發出呻吟。

「雖然我早就知道會是這樣了，不過再不說出來的話，實在是很痛苦。」

「宮原同學……很抱歉。」

「用不著說兩次啦。」

「啊……抱……不對，那個……」

「好了啦。我才很抱歉讓妳困擾了。我並不想看到妳那麼難過的表情。不過，這樣我就能夠完全投入游泳社的練習了。」

「宮原同學……」

「妳真的不用在意啦。如果以後在走廊上擦身而過，說不定會感覺有點怪怪的，到時就抱歉了。我先道歉。」

大地開玩笑地說著，並發出大笑聲。

「那～～麼，我就謝謝妳的好意，先去後夜祭了。」

「嗯……」

「青山也要來參加後夜祭喔？」

七海沒有回答。

大地走近門的方向。察覺到這股氣息的空太，脫掉室內鞋，避免出聲地逃往樓梯方向，並躲在二樓跟三樓的樓梯間平台。他嘶吼著不成語句的情感，目送走下樓梯的大地。

——告白。

他在心中咀嚼著這個字眼，腦中浮現的是真白的臉。

空太稍微等了一下，然後回到七海所在的教室。

「垃圾丟完了喔。」

他盡可能以自然的態度，向正在收拾摺好衣服的七海攀談。

「花了頗多時間的嘛。」

「有、有嗎？」

「而且時機剛剛好。」

七海以質疑的眼神看著空太，空太乾脆地舉雙手投降。

「抱歉。不是故意要偷聽的。」

「嗯。」

「而且，我不會告訴任何人的。我保證。」

「……這我知道。」

冷淡地回應的七海移動到窗邊，像是倚靠著般坐在靠邊的桌子上。接著，仰望被營火照亮的天空。

「我緊張得半死。」

「可是青山看起來很從容的樣子。」

「因為已經不是第一次了。」

「咦？」

「你的驚訝真是失禮。話雖然這麼說，不過也只有國中畢業時那一次而已……」

轉過頭來的七海故意露出不高興的表情，瞪著空太。

「宮原同學……很健談，也沒有任何不好的地方。到底是哪裡不對呢？」

七海立刻轉頭往前看。看不出她臉上的表情。

空太也移動到窗邊，同樣靠著坐在七海旁邊的桌上。

「要是能夠喜歡上喜歡自己的人，那就輕鬆多了。」

只有兩個人的教室裡，這句話緩緩地擴散開來。好一陣子，空太與七海就像在享受這餘韻般，只是無語地看著夜空。

「……」

「…………」

「青山有喜歡的人嗎？」

空太不自覺地說出口，之後連自己也嚇一跳。

他轉過頭去，與七海視線對上。

反正話題一定又會被岔開吧。

但是，七海的回答卻是：

「有啊。」

在這之後，窗戶的另一端燃起了煙火。每當煙火綻開時，空太與七海就被照得明亮。七海直直地注視著空太，空太彷彿被不可思議的力量所吸引，無法將目光移開。

連續的煙火結束後，天空與教室又被微微的昏暗所籠罩。

「你聽到了嗎？」

「啊、嗯嗯。」

「不過保險起見，我再說一次喔。」

「咦？」

「我有喜歡的人。」

煙火再度燃放，七海不再看著空太。

她看著天空綻放的大型花朵看得出神，喃喃說著好漂亮。空太則看著她的側臉。

「快樂的祭典也要結束了呢。」

七海繼續看著前方說道。

「剛剛啊，有學妹來跟我說話。她說『喵波隆真的很有趣』。」

「我看店的時候也有人這麼說。真是讓我嚇了一跳。」

同時也感到非常高興。

「嗯……所以，我想要更努力。被那樣帶著閃閃發亮的眼睛稱讚，會讓人勇氣倍增呢。」

「是啊。我也想把每個月做一次的企劃書製作，改成每週做一次。」

「那我也不能輸給神田同學了。」

「不過，不能太勉強而累倒了喔。」

「神田同學才是，可不要倒下了喔？因為那可不是你一個人的身體呢。」

「不要用這種會引人誤會的說法。」

七海沒有回應，只是跳下了桌子。

「我們去後夜祭吧。」

「嗯？啊、喔喔。」

「好了，快一點！都快要結束了。」

七海握住空太那沒辦法立刻反應的手，跑了出去。

「啊、喂，青山！」

走出教室，跑下樓梯。不管空太怎麼叫喊，七海完全不停下來，牽著的手也不放開。

文化祭的最終日，真的是發生了不少事。到最後，空太還知道了七海的手比想像中還小。乾燥的冷風，告訴自己牽著的手有多麼溫暖。

冬天馬上就要到來。從春天數來是第四個季節，一年的最後。不管期不期待，這個最後的季節已經來臨了。

但是，空太馬上就遺忘了這樣的冬季造訪。

因為空太與七海來到運動場時，已經有櫻花莊的成員——美咲、仁、龍之介還有真白四人，在那裡等著他們。

「全員到齊了，那就來辦喵波隆的慶功吧～！」

如此宣言的美咲，點燃高空煙火。

「慶功（註：日文中的慶功與「高空煙火」簡稱相同）是指這個意思嗎！」

現在才感到驚訝已經來不及了。真正的高空煙火從運動場正中央衝上夜空，接著伴隨著爆炸聲，在頭上綻開花朵。

之後的發展就不用說了。

「可惡！又是櫻花莊嗎！」

面露兇相的體育老師逼近過來。

「那麼，準備逃跑了。」

這麼說的仁已經跑了起來。空太也牽著真白的手，慌慌張張地衝了出去。手邊感受到完全不打算靠自己跑的真白，空太忽然想著——

——下次突破企劃甄選書面審查時，再跟真白談談機場的事吧。

因為空太覺得到了那個時候，應該會比現在有自信，也能夠面對真白……能夠面對自己心中對真白的感情……

十一月九日

櫻花莊會議紀錄上這樣寫著。

——煙火好漂亮。書記・椎名真白

——都說會議紀錄不是交換日記了！追加・神田空太

——鯛魚燒很好吃。追加・椎名真白

——不要不聽別人說話！追加・神田空太

——那麼，什麼時候要舉辦「銀河貓喵波隆」製作的檢討會？追加．赤坂龍之介

——明明就很成功了，還有開檢討會的必要嗎？追加．神田空太

——所有的計畫案，都要完成檢討會才算結束。沒有檢討會的計畫，就像沒有番茄的午餐喔，空太大人。追加．女僕

第三章
冬天的預兆

1

空太在學校樓頂，兩手握著掃帚跟畚箕，茫然地看著在秋季清透的藍天流動的卷積雲。溫和的陽光感覺很舒服。明明是適合午睡的絕佳天氣，但鼻子吸入的空氣冷冽，季節已經逐漸染上冬天的色彩。

「……真是舒服的天氣啊。」

十一月十九日，文化祭結束後已經第十天了。還有一個多月今年就要結束了。包含事前準備大概為期兩個月的祭典餘韻也逐漸淡去，因為慢慢逼近的期末考，正是令人憂鬱的時期。即使如此，在午休的樓頂上，還是充滿了幸福的氣息。

不管是往右看還是往左看，都是在文化祭當中急速增加的情侶們感情和睦地吃著午餐。因為女朋友親手做的便當而感到開心的男同學，「啊～」的張開嘴，一臉沒出息的樣子，甚至還有些傢伙讓對方拿掉黏在臉頰上的飯粒。

在這之中，一臉厭煩的空太顯得格格不入。當然，他並不是自己願意才到樓頂上來的。這個季節的樓頂是情侶們的專用區域，這種事就連空太也知道。要不是因為在文化祭上未經許可展出作品，而被學生會叫來打掃樓頂作為懲罰，空太是絕對不會想到這種地方來的。

住在櫻花莊的同學當中，之所以只有空太一個人，是因為如果六個人湊在一起，再度引發問題的危險性相當高，所以打掃時間跟地點是錯開的。

兩人一組分配打掃地點，空太與龍之介被分配在這個時間來打掃樓頂。遺憾的是，現場不見龍之介的身影，現在可能在某處幫女僕修訂版本吧。

順便一提，七海與真白負責文化祭執行委員所使用的空教室，而美咲與仁則是被分配到中庭打掃。

空太嘆著氣，把不知從哪裡飛來的枯葉放進畚箕裡。大略地環視了一下樓頂，已經不見比較大的垃圾了。

打掃大概就是這樣吧。

空太獨占沒人坐的長椅，仰躺在上面。

「天氣真是好啊……」

藍天一望無際，感覺幾乎就要被這遼闊給吞噬了。

空太彷彿要抗拒這樣的錯覺，輕輕閉上眼睛。

緩緩地重複著呼吸，立刻就不再注意情侶們的對話了。只有天空的聲音殘留在耳邊。

又這樣維持了一陣子，遠方好像傳來人的聲音。不是一個人或兩個人，而是像海嘯般一擁而上的吵雜聲。不過，空太立刻理解到那並不是耳朵所聽到的，而是在腦袋裡迴響的聲音。

那一天，喵波隆的公開日，身體所記憶下來三百人的感情。觀眾群的歡呼聲與掌聲緊緊黏在耳朵深處，每次回想起來，那股快感就會從背脊竄上來。

那是第一次品嘗到的興奮感。自己所做的東西，讓三百位客人感到開心。感覺像是獲得了認同，也像是製作的東西得到共鳴。犧牲睡眠時間製作也有了代價，單純地讓人覺得有自信。

因為原來自己也做得到讓別人感到快樂的事。

以超越原先期待的形式，得到了一直以來想要的結果。

「那……真的是很厲害呢。」

想再一次……不，想再無數次品嘗那種興奮的滋味。

因此，空太在文化祭結束後，立刻埋首於「來做遊戲吧」的企劃書製作。

文化祭期間，曾經跟遊戲開發者藤澤和希先生聊過，因而覺得自己現在這樣是不行的。這也是很大的原因之一。和希所說的每天思考一個企劃，讓空太受到了衝擊，也獲得了刺激。雖然也感到焦急，但總覺得好像被鼓勵可以更加粗魯地蠻幹也無所謂。

文化祭結束之後，集中精神製作的企劃書在三天後完成了。效果十足，自己覺得絕對是至今最好的創意，書面的品質也相當高，企劃書裡頭的繪畫素材還請了真白幫忙。可能也因為這樣吧，在完成的時候甚至有種奇妙的成就感，這也可以說就是自信。所以，空太立刻就登錄參加了甄試。

之後大約過了一個禮拜，在昨天收到了結果通知。

空太從制服口袋裡拿出裝了結果通知單的信封，裡頭已經確認過了。

不合格。書面審查落榜。落選。

像這樣企劃書審查階段就被刷掉，這已經是第三次了。能進入報告階段的，只有最初做的企劃書，之後都只是在原地踏步。

正因為很有自信，所以看到不合格的通知書，更是無法輕易相信。

到底是哪裡不對呢？列著官方文句的結果通知書，不管看幾遍，上面都沒寫著答案。

「唉……」

這樣一來，也沒辦法問真白有關那天的事了。空太很規矩地遵守自己定下的規則。所以才會失望地嘆氣。

文化祭所做的「銀河貓喵波隆」明明就那麼受到觀眾喜愛，企劃甄選卻沒辦法順利。是哪裡不一樣呢？

「所謂的人生還真是困難啊……」

「接下來的寒冷季節，樓頂可是情侶專用的喔。要是在這裡思考人生，會讓人想死的，勸你還是別這麼做。」

起來。

睜開眼睛，仁就站在旁邊。

「仁學長不也是一個人嗎？」

「我無所謂。因為我的目標是空太。」

仁這麼開著玩笑，並坐到一旁的長椅上，接著從購物紙袋裡拿出可樂餅麵包，大口地咬了

「今天不是美咲學姊親手做的便當啊？」

「我現在正在逃亡中。因為那傢伙最近莫名地超有幹勁的。」

「……」

深知其中原因的空太，只能緊緊閉上嘴。

「那麼，你這麼像個老人似的是怎麼了？是在文化祭已經燃燒殆盡了嗎？」

「不是。是因為這個。」

空太坐起身來，伸手把企劃甄選通知書遞給仁。雖然仁把信封拿在手上，卻連看也不看內容就還給了空太，反倒張口咬了可樂餅麵包。

「很遺憾的，本次未能入選嗎？」

「是本次也未能入選。」

「原本那麼自信滿滿，這樣會很難過吧。」

「……總覺得這次一定可以的。」

「是絕無僅有的自信作品嗎？」

「還沒到那個程度啦……只是覺得應該可以。」

「喔～」

仁冷淡地回應著，以不知道正看著哪裡的表情，喝著紙盒裝咖啡牛奶。

「說不定我因為製作了喵波隆而產生了一些誤會。」

「這樣嗎？」

「有那麼多人覺得很開心，氣氛那麼熱鬧，所以我就自以為很厲害了吧。」

「我覺得喵波隆的完成度已經非常厲害了。」

空太也這麼覺得。

「但是，那個厲害程度並不是我做出來的。」

「這還真是消極的想法啊。」

「就我自己而言，至少是冷靜的分析。」

「原來如此。那麼，有瞭解到什麼了嗎？」

「美咲學姊……太厲害了。」

那個戰鬥畫面的魄力，比製作前空太所想像的次元還要更高。繪畫的表現當然不用說，傳達出躍動感的動作製作，有加分作用的效果與拍攝技術的呈現……每個部分都做得很徹底，絲毫沒有妥協。

「自從春天真白來到櫻花莊以來，美咲就一直嚷著想跟大家一起做些什麼。然後夏天時青山同學也搬來之後，她就毅然決然決定要做。」

「還有就是，椎名也太厲害了……雖然這點我一直都很清楚。」

「那兩個人是特別的。不用在意。」

「如果沒有赤坂的話，就不可能實現那個平衡與完成度。」

「那麼就是那三個人是特別的。」

「當然也因為有仁學長跟青山在，所以才能完成……」

「你是想說『只有自己是可有可無的』嗎？」

「我不想那麼認為……但是，搞不好實際上就是這樣。至少，我覺得我的位置任誰來做都會有一樣的結果。」

「哪來那麼多非自己不可的事？我們可不是那麼特別的人。」

仁所說的應該是正確的。雖然是正確的，但卻很難捨棄想得到「因為自己才能成功」這種成就感的想法，也不知道該如何放棄。強烈地希望自己是唯一，而且也會不由得這麼想。這樣是錯的嗎？

「不過，雖然理解是這麼回事，但還是希望自己是特別的呢。我也是這樣。」

仁說完的同時，把喝完的咖啡牛奶紙盒捏扁。

「我大概是誤以為那天的歡呼與掌聲是衝著自己來的吧……」

所以才會有了自信；才會覺得這次一定能突破企劃甄選書面審查，報告也總能克服。

「好不容易覺得驕傲，卻因為不合格的通知逼你面對現實，所以才覺得很疲累吧。」

「請不要說得那麼明白。」

「類似的事情……我也有過。」

仁像是在懷念往事般對自己嗤之以鼻。

「我把最早跟美咲一起製作的動畫評價，誤以為是對自己的評價，因而吃了很多苦頭。」

「仁學長。」

「我明明就只會扯美咲的後腿而已。」

「……」

「不過，多虧了那個誤會，讓我變得更有幹勁倒也是事實。如果沒嘗過那種快感，我大概不會想認真地寫劇本吧。因為希望下一次能夠靠著自己的實力，再次品嘗那個滋味。」

「我也是。」

「所以空太才會不斷投稿參加吧。」

「確實是這樣沒錯，但是好像完全沒在前進的感覺，反應也不是很好。我完全不知道這樣好不好，也不知道該怎麼做……越想就越不知道該怎麼辦了。」

「走投無路了嗎？」

「是的。」

「再加上這段期間真白又不斷地前進，就會讓人更焦急吧。」

「為、為什麼會提到椎名的名字啊？」

「這種事空太應該很清楚吧？」

「……」

「連載是從這個月開始吧？」

空太彷彿認同一般閉上了眼睛。

明天十一月二十日發售的漫畫雜誌上，就要開始連載真白的漫畫了。內容是以住在分租房子裡的六個藝大學生為中心的歡樂群像劇，櫻花莊成了她的靈感來源。空太答應真白發售當天要陪她一起去買。

「跟美咲製作了幾次動畫後，我發現了一件事。」

仁忍住呵欠，跟剛才空太一樣仰躺在長椅上。

「有人說失敗為成功之母，那根本是騙人的。」

「咦？」

「能從失敗中學習到的，只有不重蹈覆轍的方法，並不能從中學到成功的步驟或手段。」

「那是……」

搞不好就是這樣。但是，如果真是這樣，那要怎麼做才能夠更接近成功呢？

「成功的方法，只能從成功裡學習，空太。」

「那要怎麼做啊？」

「那就只能成功囉。」

「這樣很矛盾吧。」

「勝利的傢伙會繼續勝出。簡單來說，就是這麼回事吧？」

「所以到頭來，在抓住第一次的成功之前，就算不斷失敗，還是只能持續一步步地慢慢前進而已囉。」

這樣實在太痛苦了。

「如果能夠不企圖遺忘自己的失敗，而是仔細分析失敗的原因，並且去面對，應該還是可以成為很棒的經驗。」

空太已經知道那會是很困難的事。他到現在都還不太敢打開書面審查落選的企劃書。

空太覺得應該要再重新看過。在舉辦過龍之介說的「銀河貓喵波隆」檢討會後，就很清楚回顧的重要性。各自列舉實際發生的問題，全員一起討論並分析原因……之後思考提出的改善對策是非常有效的。

例如關於角色服裝的失誤。回想的場景明明是冬季，但真白所畫的貓子卻穿著讓人聯想到初春的涼爽打扮。不過因為是在上完色、已經完成的狀態才發現，所以那個場景最後只能全部重畫。類似的狀況，還發生過把白天跟晚上搞錯的情形。

仁針對這些如此發言：

「那麼，就應該在訂單裡設定『服裝』以及『時間』的項目。順便把『地點』也指定好會比較妥當。」

七海附帶提出。

「我覺得提出訂單的人應該口頭向負責的人說明一次會比較好。」

——然後，負責的人應該確認「服裝」、「時間」、「地點」的項目之後，再進行作業。

龍之介做出結論。

像這樣對所有喵波隆製作的問題點，全都仔細地進行討論。會議紀錄的篇幅變得很龐大。

——下次要製作東西的時候，要先確認這個檢討會的會議紀錄。光是這樣，就能很有效率地避免同樣的錯誤。

經過長時間的檢討會，最後龍之介做出這樣的總結。多虧如此，空太明確地理解了檢討會的重要性。

「回顧過去的失誤，也是在為未來做準備啊……」

「你也學到了吧，學弟！」

但是，要獨自對自己的企劃書做同樣的事是很困難的。因為所有作業都是自己來，所以不容易客觀。尤其對於企劃書優缺點的分析，更是困難。無法找出能夠接受的結論，結果只覺得是自己沒有才能，情緒上被逼到了絕境。

「我說空太啊。」

仁到剛才都帶著很輕鬆的口氣，現在卻突然轉變成嚴肅的聲音。

「什、什麼事？」

空太輕輕地反問。

「周圍明明都是打得火熱的情侶們，為什麼只有我們是兩個男的，而且還在進行這種丟臉的對話。」

「仁學長無所謂吧。反正你有六個女友！一定每天都盡興地打得火熱吧！都已經進入我所不知道的成人世界去了！」

「我告訴你，跟六個人交往是很累人的耶？」

「那就請你限定為一個人！自作自受！」

「那是不可能的。」

「我就問一下理由，為什麼？」

「愛能拯救世界啊，空太。」

「算了。會這樣問的我真是笨蛋。」

「我覺得你應該是有所誤會，所以我要澄清一下。」

「不，我認為我對仁學長的認識並沒有錯。你這個身為女性之敵的男性的敵人！」

「就算有女朋友，也不表示每天都可以盡情地上床喔？」

「是、是這樣嗎？」

「嗯，空太也趕快交女朋友吧。還有一個月就是聖誕節了呢。」

「……說的也是。」

已經到了這個時節。去年的聖誕節，被迫幫忙把美咲弄回來的大樅樹種在櫻花莊的院子裡，悽慘得很。之後還找來附近的小朋友，空太跟著穿聖誕老公公裝的美咲，落到得穿麋鹿布偶裝的下場。雖然又到了這個季節，但不可思議的，空太有種今年會跟去年聖誕節不同的預感。

美咲應該想跟仁單獨過節吧。

那麼，櫻花莊的其他成員又會怎麼過呢？

空太正在思考這些事的時候，樓頂上的門被打開來，看見熟悉的臉孔。是真白與七海。目光對上之後，兩人便走到空太與仁的旁邊。

「怎麼了？」

「真白跑來教室找神田同學，所以就帶她過來了。」

真白只是一動也不動地看著空太。

「椎名？有什麼事？」

「沒事。」

「咦？」

「咦？」

空太與七海異口同聲。

「妳是因為有事才來找我的吧？」

「沒事。」

「我實在搞不懂妳的意思。」

真白毫不在意苦著一張臉的空太心情，默默地在近得幾乎要碰到他肩膀的地方坐下，並打開帶來的便當，開始吃了起來。順帶一提，便當是空太今天早上六點半起床做的。

「比方說，來特別叮嚀我答應妳明天的事？」

「明天？」

真白一臉不解的表情。

「不是雜誌的發行日嗎？」

「……啊，是啊。」

「還啊、是啊咧……妳剛剛根本就不記得了吧。」

「我記得。」

「少扯謊了！」

沒事卻跑來找空太，甚至還忘了自己第一次漫畫連載的發售日，今天的真白是不是哪裡怪怪的？

「青山……這是怎麼回事？」

「不要問我。」

看來很不滿似地噘著嘴的七海，也在對面的長椅上坐下，開始吃起便當來。

比平常更讓人搞不懂。

緊接著，樓頂上的門被用力地打開了。聚集樓頂上情侶們以及空太等人視線於一身的，是水高足以向全世界自豪的外星人——美咲。

「學弟，找到你了！」

美咲目光毫不遲疑，看到空太等人後立即鎖定。她讓裙襬飛揚、豐滿的胸部彈跳晃動著跑了過來。

接著無視空太，把便當遞給躺在長椅上的仁。

「來，仁，這是今天的便當喔！」

「……」

「……咦？」

仁沒有反應，只發出深沉的睡眠呼吸聲。

「怎麼辦？學弟！」

「呃，把他叫醒就好了吧。」

「千載難逢的機會到來！」

「我不懂妳的意思。」

七海也含著筷子，對美咲的話歪著頭感到不解。

但是，美咲不可能回答空太與七海的疑問。正想說她怎麼帶著跟平常不同的緊張表情，凝視著仁的睡臉，接著彷彿要撲上去似的將雙唇往前靠近。

她的一隻手按住垂落的髮絲，看起來有些性感。

眼看美咲的唇就要碰上仁的唇，這時仁醒了過來，以粗魯的手勢把美咲的臉推回去，並且坐起身來。

「妳幹嘛大白天就想偷襲我啊！」

「人家等不到晚上了嘛！」

「就算等得到也不准偷襲。我感覺到自身的危險了，所以今天晚上要去鈴音那邊。」

記得鈴音應該是賽車女郎。仁到底是在哪裡認識的呢？在空太的人生當中，從來沒有跟賽車女郎有過交集。

「來，仁，今天的便當。」

「謝了。」

仁以彷彿從沒發生過偷襲未遂的事一般自然的態度，收下了便當。美咲也一副像是沒聽見鈴音的事一樣，反而是在旁邊看著的空太感到心驚膽顫。這點七海也一樣，似乎是太專注觀察仁跟美咲，以至於都沒動筷子。

「對了，剛才仁學長……」

空太正想繼續說「才吃過可樂餅麵包而已」，就被仁的聲音蓋過。

「啊，對了對了。空太因為企劃甄選的結果很沮喪，真白跟青山同學安慰安慰他吧。」

「等一下，你在說什麼啊！」

仁完全不理會空太的抗議。

「空太。」

空太聽到叫喚聲而轉過頭去，真白便用筷子夾起綠色的區隔墊紙遞給空太。

「這個給你。打起精神來。」

「會有精神才有鬼！而且這能吃嗎！再說，那個便當是我做的耶！」

空太在打掃樓頂前，已經先獨自吃完與真白一樣菜色的便當，因此完全沒有激勵效果。

「神田同學，你要吃這個嗎？」

七海把用牙籤串著的雞肉丸子遞到空太嘴邊。

「啊，不……」

如果就這樣吃了，感覺不就跟周圍的情侶們一樣了嗎？空太正在猶豫，從旁邊探出身體的真白便一口吃掉了雞肉丸子。

「啊，真白！」

迅速將身子縮回去的真白，面無表情地動著嘴咀嚼，接著咕嚕一聲吞了下去。

「七海，好吃。」

「謝、謝謝……不是啦！我是要給神田同學……」

「空太的東西就是我的東西。」

「不對，才不是！」

真白講了亂七八糟的話，空太強烈地用力吐槽。

「我是空太的東西？」

「更不對啦！」

「神田同學是大笨蛋……」

七海噘著嘴抗議。

「總覺得整個發展很沒道理，實在讓人無法接受！」

「不～還真是有趣的發展啊。」

因為事不關己，仁說了不負責任的話。

而他也正要打開美咲給的便當。

白飯的上頭有用鮭魚碎片排成的愛心形狀，中心則有用雞鬆排成的「喜歡」的字樣。

看到這麼直接的告白，空太把喝到一半的瓶裝茶噴了出來，七海則是被飯噎到。

「好髒喔。」

仁一臉泰然地指責。就算空太投以別有深意的視線，仁也完全視若無睹，像是沒看到告白似的，動起筷子吃著配菜，咀嚼後將美咲的感情物理性地吞了下去。

「空太，你那樣盯著我看，我可是會愛上你的喔。」

「請不要說蠢話了。」

「最近的年輕人啊，對學長說話的口氣真是不好啊。」

真白一直盯著仁的便當看。

「怎麼了？真白。有想吃的菜嗎？」

真白搖搖頭，不過還是沒移開視線。她嘴裡含著筷子，像是在思考什麼一樣。不，說不定只是單純在發呆而已。

仁吃完便當後，把蓋子蓋上收拾好。

美咲以有所期待的目光看著仁，而應該已經察覺到的仁卻毫無反應。

這莫名的緊張感，令空太感到坐立不安。

「空太，想去廁所的話就去吧。」

「才不是！」

「青山同學也是，不要強忍著比較好喔？」

「我、我才不是！」

「要是變成膀胱炎就來不及了喔。」

仁只是這麼說完，便從長椅上起身。

接著說聲「要回去了」，就離開了樓頂。

告知午休終了前五分鐘的鈴聲響起。

「啊，預備鈴響了。小真白，我們也走吧！」

「我知道了。」

真白被美咲催促著，便站起身來。

「你知道嗎？學弟！今天美術科下午的實習，是所有學年一起的寫生大會喔！」

「不，我不知道。」

「我不會輸給小真白的！」

「我不會輸給美咲。」

兩人莫名地情緒亢奮，準備前往下午課程的地點。過了一會，空太等七海收拾好便當，一起回到校舍。

他一邊下樓梯，一邊與七海對話。

「結果椎名到底是來幹什麼的？」

「誰知道。」

七海看來很冷淡，一直面向前方。

「青山是不是心情不太好？」

「……沒有啊。」

「那就好。」

「……嗯。」

「妳不覺得椎名最近怪怪的？」

如果是真白的話，是有可能沒事也跑來找空太，但還不至於連自己連載漫畫的雜誌發售日都忘了吧。如果空太處在相同的情況，應該會一直到發售日當天之前，滿腦子都想著這個值得紀念的日子吧。

「神田同學是不會懂的。」

「咦？青山妳知道嗎？」

「知道，但是不告訴你。」

「我覺得會講這種壞心眼的話，不像是青山的作風。」

「我可沒有濫好人到那種程度。」

七海帶著彷彿要丟下空太一樣的腳步，快步地走回教室。

空太慌張地追了上去。

「啊、喂，青山！等等我！」

「不要。」

「雖然這種情況不常見，但我總覺得青山對我很不好？」

「我沒感覺。」

七海微微鼓著臉頰，一副鬧彆扭的表情。

「看吧，明明就有。」

即使空太這麼指出，七海也只是兇狠地瞪著他，沒有任何回答。

2

十一月最後的星期天，空太一早就在進行彙整新企劃書的作業。

這個月起每週都要投稿企劃書，所以光是十一月，這已經是第四個企劃了。前三個都已經投稿完畢，其中兩個已經收到不合格通知，另一個還在等候結果。

文字輸入完畢，空太打算稍作休息而離開桌子，躺在床上。正在午睡的貓咪發出聲音抗議。空太抓起貓咪，發現是茶色貓小翼。小翼再度「喵～」的叫了一聲，空太便把牠放了下來，但牠卻爬到空太的肚子上，在上面繼續午睡。

身體正中央因為貓的體溫而暖呼呼，空太舒服地閉上眼睛。這時，沒聽到敲門聲門就被打開了。

「空太。」

託此之福，空太的睡意不知到哪旅行去了。為了不吵醒小翼，空太將牠從肚子上空運到床的角落，並坐起身來。

「我說椎名啊。」

「什麼事？」

「如果我換衣服換到一半，內褲已經脫了，妳要怎麼辦啊！」

「我會敲門。」

「太慢了！」

「那倒也不見得。」

「喔，那請問是為什麼？」

「馬上就要別人回答是不好的。」

「簡單說，椎名只是隨便說說的吧？」

「那倒也不見得。」

「夠了！那麼，妳有什麼事？」

「已經好了。」

真白把藏在身後的Ａ４紙拿給空太。

那正是空太現在正在整理的企劃書繪畫素材。結合了畫面配置，以及傳達氣氛的原始設定。空太是今天早上吃早餐時才拜託她的，看來是已經畫好了。

內容如同空太以蹩腳的草稿所傳達的……或者該說簡直是完全不同的高度水準。

「怎麼樣？」

「太完美了……謝謝。」

「嗯。」

從真白手上收下用紙，空太迅速地掃描圖畫。接著只要貼到企劃書上就完成了。

「對了，椎名，原稿完成了嗎？妳今天早上不是說十二月號的截稿日是明天？」

「沒問題。」

「既然是椎名，我是不太擔心。不過要請妳幫忙的東西，真的等妳有空的時候再做就好了喔？原稿要優先處理喔？」

「你要拜託美咲嗎？」

「因為這沒有那麼趕，所以會等妳的。」

「嗯。知道了。」

「喔。」

「……」

還有什麼事嗎？真白保持沉默，看來沒打算離開空太房間。

「椎名？」

「那個……」

「該不會是肚子餓了吧？」

「答應我你不會生氣。」

「那是不可能的。」

「為什麼？」

「妳會這樣起頭，就表示接下來要說出什麼駭人聽聞的話。」

「是很普通的事。」

「那就不要說奇怪的前言，直接說！」

接著，真白微微地別開視線。不過，她還是立刻下了決心，直率地看著空太。

「我想做便當。」

明明應該是很好懂的字句，空太卻搞不懂意思，只是無言地不斷眨著眼。

「您剛剛說了什麼？」

「我想吃便當。」

「不要講不一樣的話！」

「我想做便當。」

看來似乎不是多心、不是聽錯、不是幻聽、也不是空太的腦袋變得不正常了。真白確實是這麼說的。——我想做便當。

……

「聽好了，椎名。我現在要說非常重要的事。」

「什麼事？」

「放棄吧。」

空太慢慢地、清楚地一字一句說出來。

「為什麼？」

「因為可以想見即將發生世界末日等級的重大災難。」

「就算世界毀滅，我也想做便當。」

「給我丟掉這種覺悟！」

「不可能的。」

「為什麼！為了漫畫題材嗎？所以才有這樣的必要嗎？」

如果是這樣，那就不可能說服她了。空太搞不好只能讓人類就此犧牲——一這麼想就開始毛骨悚然……

「跟漫畫沒有關係。」

「那又為什麼？為什麼椎名想要給我這種試煉啊！」

「……」

「為什麼不說話？」

「反正，我想做便當。」

「是對我的便當有所不滿嗎？想告訴我要再多磨練料理的技術？真是這樣的話就直接說！我會向仁學長學習的！」

「也不是這樣。」

「不然又是為什麼！」

「……」

「為什麼又不說話了？」

「便當……」

「椎名，聽好了，仔細聽好了。人類蘊藏著極為優秀的可能性，總有一天人類能夠登陸火星的時代也會到來。但是，即使是這樣，還是有辦不到的事。人類沒有翅膀。接受這個事實吧。我們都已經是高中生了。」

正當空太熱切地試著說服真白時，打扮時尚的仁經過101號室前的走廊。大概是準備要外宿去了吧。

「聽起來好像很有趣，你就教她吧？」

還順便發表了不負責任的話。

「請至少把『好像很有趣』的真心話藏起來！」

「真白那麼會畫畫，手指應該很靈巧吧？說不定意外地跟料理很合得來呢？」

「你真的這麼認為嗎？」

「我是覺得如果空太不小心被騙了，就算是我賺到了，所以才這麼說的。」

「那就請仁學長教椎名做料理！」

「牽著她的手、扶著她的腰仔細地指導？」

「禁止身體碰觸！」

「獨占欲要是太強，可是會被討厭的喔。反正不管怎麼說，我等等跟留美有約了。」

「總之，空太過來。」

真白攬著空太的手臂，用力地企圖將他拖出房間。

「哇、笨蛋，不要抱我的手！」

空太因為內心動搖而使得腳不聽使喚，就這樣被真白耍得團團轉，拖到廚房去了。

在後面跟上來的仁，竊笑著看著這樣的空太。

「仁學長不是有約會嗎！請趕快去吧。」

「嗯？還沒到約定的時間。」

一心想要觀戰的仁，從廚房櫃子裡拿出圍裙，狡猾地讓真白穿上。

「好，這樣就可以了。」

繫上背後的帶子就算穿套完畢。不過，這感覺是怎麼回事呢？真白與粉紅色的圍裙莫名地不搭。不，要說可愛是很可愛，但就像是看著不合理的畫一樣，有種不協調感。

「怎麼樣，空太？」

「脫掉。」

「喔～沒想到你會說出這麼大膽的發言。」

「我不是那個意思！只是椎名跟料理的組合絕對會很慘的！」

「我可是很有幹勁的。」

「我就是對妳的幹勁感到害怕啦！我只覺得會被搞得一塌糊塗！」

這時候，七海從二樓走了下來。

「從剛才開始就很吵，你們在做什麼？」

七海應該正準備出門去訓練班，只見她肩上揹著裝有換穿衣物的大包包。

「椎名企圖毀滅世界，我正在阻止她。」

「什麼跟什麼啊？」

「啊，對了。青山同學。」

仁猛然切斷對話，出聲叫了七海。

「有什麼事？」

七海帶著警戒的表情回問。

「我這裡有戲劇的票，不嫌棄的話看妳要不要找誰一起去看。」

仁這麼說著，便向七海遞出兩張紙。

「啊，這個很有名。聽說幾乎買不到票……」

「好像是吧。這是留美給我的，不過時間上不湊巧，我也不方便找其他人一起去。那就給妳囉。」

「可以嗎？」

「嗯。因為是下個月，所以妳就找人一起去吧。」

「公演日是……二十四日？」

居然是聖誕夜——七海看著票喃喃說著，之後抬起頭，剛好與空太四目相交，但一下子又別開了視線。

「總、總之，謝謝學長。我要去訓練班了……」

七海有些慌張地出門。空太、仁與真白三人目送她的背影。

「真是純真啊～」

仁深切地說著感想，空太完全不懂其中的意思，也沒有深入思考的餘力。該拿表示想做便當的真白怎麼辦——這才是空太被賦予的使命，同時也是試煉。

「空太。」

「是的，什麼事？」

「我。」

「喔。」

「料理。」

「為什麼只有單字啊！話說回來，妳是認真的嗎？」

空太注視著真白。要是在她那清透的雙眸前，心跳會忍不住加速。但是，總覺得別開視線就輸了，所以空太努力地撐著。

「非常認真。」

「……拜託，請誰來告訴我這是一場夢。」

「自己的事情要自己解決。」

「規定是唯獨只有妳沒有資格說這句話！」

「我才不管。」

「啊～這樣嗎？」

看來只能放棄了。

「那個，原稿真的沒問題嗎？因為製作了喵波隆，不會跟不上預定嗎？而且……總覺得妳最近……」

「最近怎麼樣？」

「不……沒事……」

總覺得真白花在執筆漫畫的時間比以前少了許多。之前會覺得可能是要製作喵波隆的緣故，但是文化祭結束以後，也沒看到她加快速度。相反地，常會看到她在想事情，或者什麼都不做只是發呆。

只要一有時間……不，本來就算不是畫漫畫的時間，真白也會集中精神動手畫原稿。現在已經看不到這樣的真白了。

把所有日常雜事都推給空太，只為了畫漫畫而活。這才是空太所認識的真白。果然有哪裡不對勁。

如果是暑假時的椎名，絕對不會說出想做便當這種話。

所以，面對真白突如其來的發言，空太便不知道實際上該如何應對。

真要說的話，現在這樣才正常。考慮到將來，說不定應該為她對料理產生興趣感到高興才對，而且未來不見得能夠一直受誰的照顧，也不可能永遠都待在櫻花莊。當然，空太也將在畢業後與她分開。

「空太？」

空太回過神來，真白的臉就在眼前，近得似乎連體溫都感受得到。

「哇、妳靠太近了吧！」

空太慌張地後退一步，深呼吸順便也嘆了口氣，並且下定決心。既然她說想做料理，那就教她吧。

「那麼，先洗手。」

真白表示瞭解空太的指示，打開流理台的水龍頭，開始仔細地洗手。她用洗手皂讓雙手充分起泡，接著察覺到空太的視線而停下動作，轉頭看向空太。

「什麼事？」

「要洗仔細喔。」

「嗯。」

真白再度專心地洗著手，熱衷程度就像在洗水果的浣熊。

空太打開冰箱確認食材。菜單希望盡可能簡單。冰箱裡頭有許多快要到期的雞蛋，以及竹筴魚的切塊。

「大概就煎蛋跟炸竹筴魚吧？」

從後面窺視冰箱的仁，擅自決定了菜單。

不過，如果是這些的話並不太困難，倒也不錯。

「之後再隨便用沙拉調整顏色，應該就還好吧。」

依照仁的建議，空太從冰箱裡拿出萵苣、小黃瓜以及小番茄。低難度以及低危險度的便當製作，是今天的目標。

「手洗好了。」

真白伸出因為水而閃閃發亮的雙手。不管什麼時候看，都覺得真白的手指白皙而纖細，彷彿一用力握住就會壞掉一般。

「可以的話實在不想讓妳做。不過，要開始做煎蛋了喔。」

「要做煎蛋。」

「不用複誦我說的話！」

「要做煎蛋。」

看來真白似乎幹勁十足。不過在這種情況下，這才是一大問題。

「聽好了，首先要敲開雞蛋。仔細看好喔。像這樣，拿雞蛋輕敲深碗的邊緣，讓它裂開。再用手從這邊剝開來。」

空太示範了用雙手敲開雞蛋給她看。生雞蛋柔滑地掉落在銀色的深碗裡。仁可以用單手敲開，但是空太不會，況且要是讓真白做那麼高難度的技術，恐怕會有無數的生雞蛋被捏爛成為犧牲品吧。

「雖然應該會不順利，但還是試試看吧。」

真白一臉不知道在想什麼的表情，拿了一顆雞蛋。光是看她拿著，就有股令人擔心是不是會掉下來的不安從腳底往上竄。

「空太。」

「再示範一次會比較好嗎？」

「菜刀呢？」

「打蛋不需要用到菜刀！」

「我想用菜刀。」

「不先提升等級的話，無法裝備菜刀！」

「料理就是菜刀。」

「不要把料理講得好像愛情一樣！明明做都沒做過！」

空太如此吶喊著，接著，天花板傳來像是大型動物大鬧的咚咚聲。那股氣息立刻跑下樓梯，衝進空太所在的餐廳。謎樣生物的真面目當然就是美咲。

「你們玩得很開心嘛，學弟！」

一看到她，空太便全身無力，並如此回嘴：

「不，還比不上美咲學姊的程度……」

這也難怪了。距離發送禮物的謎樣老公公出沒的季節還早了一個月左右，但美咲已經穿著聖誕老公公的衣服了。視線忍不住就被迷你裙底下的雙腿吸引過去。

「喔～小真白，圍裙好可愛喔！」

美咲喊著「耶～」興奮地伸出拇指說讚。

「嗯。」

「妳居然也不否定。」

雖然確實是很可愛……

空太正想著這種事，美咲突然喊著：

「想到了！」

然後無視啞然的空太，接著說：

「『小真白』跟『薄羽蜉蝣的一生』湊在一起了！」

「仁學長……這又是什麼東西？」

「解謎吧。」

「為什麼？」

「我怎麼會知道。」

仁大概已經習慣了，絲毫不為所動。

「來吧，學弟！請作答！請以像是『兩個都是什麼什麼』的感覺回答！」

「如果是『兩個都是虛無飄渺的東西』，我會生氣的喔。我可是有負起責任，好好地避免讓她變成那樣喔？」

「喔喔，很厲害嘛，學弟！那麼，接下來的題目就是『虛無飄渺的東西』！嗯～想到了！『虛無飄渺的東西』跟『Dragon』湊在一起了！來吧，兩者都是什麼什麼喔！請作答！咚咚！」

「Dragon指的是赤坂吧？那麼，兩個都是『不成群結隊』？」

「學弟，你真的有所成長了。已經沒有什麼我可以教你的東西了！從今天開始，學弟可以自稱為櫻花莊的代表了！」

「我又不想當代表！話說回來，美咲學姊是代表嗎？」

「咦？空太不知道嗎？美咲姑且算是宿舍長喔。」

比起這個，更令人驚訝的是原來有宿舍長這種東西存在。

「……為什麼不是仁學長？」

「我一年有七成的時間都外宿。」

「我以為你是為了脫離不檢點的生活，才會待在櫻花莊裡的？」

「那麼，我出門一下。」

完全不在意對話才講到一半，美咲已經打算走出飯廳，而且是一身聖誕老公公的打扮。

「妳要去哪裡？」

保險起見，仁從背後出聲問道。

「市公所喔！」

美咲只這麼說完，就衝刺著跑了出去。玄關大門敞開著，冷風吹了進來。

「……為什麼要去市公所？」

「大概是有聖誕老公公的集會吧。那麼，我也要出門了。」

坐在圓桌上的仁，也在美咲之後出門去了。玄關傳來「喀啦喀啦」關門的聲音。雖然那是理所當然，卻讓人鬆了口氣。

剩下空太與真白的飯廳突然變得安靜了起來。

真白戳了戳空太的手肘。

「菜刀。」

「妳到底有多愛菜刀啊……」

「愛到晚上都睡不著喔。」

「啊～好、好，我知道了。就來用菜刀吧。」

如果只是切切小黃瓜，應該連真白都會吧。不，這應該是希望她會的一種願望吧……

空太準備好砧板，拿出兩支菜刀，斜切著小黃瓜。

「只要切得跟空太一樣就好了嗎？」

「雖然這是最不想讓妳做的……那麼，先拿起菜刀……」

真白握住菜刀。不過，總覺得拿法有些奇怪。

「妳為什麼倒著拿？」

「不對嗎？」

「那是要攻擊別人時的握法！哇～刀鋒不要朝向這邊！」

「這樣拿比較順手。」

「妳是打算做什麼料理啊！」

「你想被做成料理嗎？」

「不要說得那麼恐怖！我看還是算了！料理對妳來說太勉強了！太危險了！NO MORE菜刀！」

「我不允許。」

真白又把刀鋒向著空太。

「不准威脅我！」

「我沒有。」

「沒有的話，就給我正常一點握菜刀！」

真白緊閉的雙唇不滿地歪斜著，改變了菜刀的握法。這才終於站在起跑線上了。

「像這樣，另一隻手拿個小黃瓜……絕對不要切到手喔？」

「我知道。」

「沒拿菜刀的手是輔助喔。像這樣、這樣。」

空太讓真白看自己輕握的手。

「輔助的手嗎？」

真白又白又細的手指按著小黃瓜。接著，緩緩地落下菜刀，切著小黃瓜。總覺得亂危險一把的，實在看不下去。現在就想立刻阻止她，也有股想要大叫的衝動。

真白一片兩片地切著小黃瓜，使用菜刀時的側臉十分認真，看起來有些開心。

真白把小黃瓜切片拿到空太嘴邊。

「這麼快就開始偷吃了嗎？」

「吃吧。」

「好、好。」

空太仔細咀嚼著一片小黃瓜後，吞了下去。

接著，真白凝視著空太的肚子。

「幹嘛？該不會是透視能力覺醒過來之類的吧？」

「胃袋有被抓住了嗎？」

「如果這樣就被抓住胃袋的話，那我就是被種小黃瓜的農家給抓住胃袋了！」

「做料理真是深奧。」

「那不是今天開始入門的人該說的話！」

「……」

真白才目不轉睛地看著空太，接著又拿起菜刀，專心地切起小黃瓜。

「喂，椎名。」

「……」

雖然節奏非常緩慢，但是真白以一定的節奏切著小黃瓜，眼神非常認真。空太的目光被她的側臉給吸引住了。

在這瞬間，菜刀與砧板合奏的固定節奏停住了。

「啊。」

取而代之的，是真白的聲音。

「怎麼了？」

真白把右手食指塞進嘴裡。不知道是怎麼弄的，似乎是切到了拿菜刀的手指。

「笨蛋！讓我看一下！」

空太抓住真白的手腕用力拉過來。食指第二關節的稍下方，刀傷大大地開著口。從傷口流出來的血，甚至流到了抓著她手腕的空太手上。

「……！」

真白受傷了……而且還切到了手指。這已經足夠激起空太心中的不安。

空太一瞬間失去了血色，恐懼從腳底竄上來。他彷彿斥責呆站著的自己般大喊：

「妳等一下！」

空太雙腳不聽使喚，卻還是跑出飯廳。這時，他撞上了從管理人室走出來的千尋。因為煞不住車，空太便把千尋撲倒在走廊上。

「我說，你在發什麼情啊？」

「老、老師！大事不好了！」

「這種被學生撲倒的狀態，也沒好到哪裡去。」

千尋的口氣當中完全沒有緊張感。

「對、對不起。」

空太慌慌張張地爬起身，也把千尋拉了起來。

「椎名手指受傷了！」

因為這樣的一句話，千尋的表情驟然大變。

「真白在哪裡？」

「在廚房。」

沒再多問細節，千尋便往廚房過去。空太帶著仰賴她的心情追了上去。

千尋確認真白的手指傷口。

「我教她做料理，結果菜刀就切到了……」

空太對著她的背影，彷彿要找藉口一般說著。

「神田。」

「是、是的！」

「去管理人室拿急救箱出來。」

「不，可是，應該要送醫院吧！」

「雖然流很多血，但是沒什麼大礙，趕快去拿！」

「啊、好的！」

真白一副像是看著不可思議的東西，看著用繃帶團團包住的右手食指。

「好，這樣就可以了。」

千尋從椅子上站起身，用關上急救箱的手，用力地敲了空太的頭。

「好痛！妳在做什麼啊！」

「當然是打你出氣。」

「……那個，對不起。」

「幹嘛那麼老實地道歉啊。真噁心。」

「那麼，我把剛剛說的『對不起』收回。」

這次則是被千尋戳了額頭。

「真白，這兩、三天不能用右手喔。」

對於千尋的叮嚀，真白稍微思考了一下。

這麼說來，記得她說過十二月號的原稿截稿日，應該是明天。

「妳這樣還能畫漫畫嗎？」

「不能畫。」

「原稿沒問題吧？已經完成了嗎？」

真白搖了搖頭。

「還有扉頁還沒畫。」

「總之，先聯絡責任編輯吧。十二月號是什麼時候出版？」

「二十日，沒錯吧？」

空太這麼問道。這次真白深深地點點頭。

「二十日啊……今天是二十八日，所以到最糟的截稿日時間應該還很充裕。以前的同學當中有幾個在出版社工作，聽說就算發售前一個禮拜入稿，也都能刊載上。反正，趕快聯絡就是了。明天是來不及了。」

「我知道了。」

真白離開座位走上二樓。空太因為感到很在意，所以也跟到真白的房間去。他從埋在原稿列印紙或分鏡稿中的地板上，挖掘出手機交給真白。

真白一個個確認，慢慢地從電話簿裡找出責任編輯的電話號碼，面無表情地按下通話鍵。

「綾乃。手指受傷了。」

『妳說什麼！』

雖然空太想走出房間，但綾乃的聲音卻大到連他都聽得見。接著大概是終於冷靜下來了，所以之後的聲音就聽不到了。

電話持續了五分鐘，除了真白偶爾會回應「嗯」以外，幾乎不知道進行了什麼樣的對話。

「我知道了……對不起。」

真白小聲地說完，便闔上了手機。

「她說什麼？」

「她說『自覺不夠』喔。」

「不要講得一副好像是對我說的一樣！」

「她說『明天要來教訓一頓，先做好心理準備吧。』」

「話先說在前頭，會被罵的是妳喔！」

「嗯。」

不知道是不是傷口會痛，真白看著以繃帶包紮的右手。

「椎名。」

「什麼事？」

「放棄做料理吧……要是再發生這種事就不得了了。」

「……」

畢竟以前還有過因為手指不能受傷，所以不上體育課的事。真白的手指有那樣的價值。雖然現在不是身為藝術家而是漫畫家，但是只要擁有漫畫連載，就不允許發生手指受傷的事。現在真白才正要有所作為，不希望她因為這種事而絆倒了。

雖然害怕她越來越遠，但是空太內心確實也希望她能走到無遠弗屆的地方。因為自己被真白擁有自己所沒有的才能所深深吸引……

「不要碰會比較好嗎？」

「咦？」

「空太不希望我做料理嗎？」

「受傷光是今天就夠了。」

「不是這樣的。」

「什麼不是這樣啊？」

「我……」

「……」

「我……」

「椎名？」

「……我不知道。」

「什麼跟什麼啊？」

「算了。」

接著，真白推著空太的背，把他從房間趕出去。

「啊、喂！」

連問理由的時間也沒有，門便「啪噠」一聲關上。

「椎名？」

「……」

出聲詢問也沒回應。

「真是的，到底是怎麼了？」

最近的真白果然有點怪怪的。空太抱著這份不安，又覺得多想也沒用，便決定下樓去了。

3

隔天禮拜一，放學前的導師時間公佈了期末考的日程，是十二月第二個禮拜的整整五天。

教室內之所以發出嘆息的聲音，是因為數學跟物理都排在考試第三天的禮拜三。

在這當中，空太只是注視著發下來的考試日程表，腦袋卻在想著不相干的事。

「起立……敬禮……」

值日生難掩受到打擊的心情喊出口令，結束了下課時的招呼。

桌椅因為打掃時間，被移到後面去。

「唉……這個時期終於到了嗎……」

空太並不是對準備考試感到憂鬱，而是因為想到真白這次一定也會連著考零分，然後必須補考，才會發出嘆息。

「幸福會跑掉的喔。」

隔壁的七海移動著桌子這麼說了。

空太也並列著將桌子往後撤。

「放心吧。我的幸福指數從一開始就是零了。」

自己說著便感到空虛了起來，又再度嘆了口氣。

「對了，神田同學。」

「嗯？」

空太抬起頭來，看到七海有些緊張地看著自己，感覺像是猶豫著想說些什麼。

「什麼事？」

「嗯……那個，我有話要跟你說……」

七海的聲音含在嘴裡，聽不太清楚。不像平常說話清晰的七海作風。

「我有在聽，想說就說啊。」

「……在這裡有點不方便。」

搬完桌子後，七海看了一下走廊，空太便說「知道了」就走出教室。

兩人移動到樓梯旁的自動販賣機前。沒想到現在這裡都沒有人。

「那麼，是什麼事？」

「那、那個……」

低著頭的七海臉頰泛紅。

「喔、喔。」

空太受到影響，也跟著緊張了起來。

「雖然很難以啟齒，但有事要拜託你。」

對於這莫名的氣氛，空太忍不住吞了吞口水。

「那個……你今天可以代替我出去買東西嗎？」

「……啥？」

「也、也就是說，希望你跟我交換採買的工作。等一下還要打掃，而且打工的輪班也比較早……不直接從學校過去會來不及。」

「妳要拜託我的，就是這件事？」

「是啊。」

「在教室說不就好了嗎？」

「一點都不好。」

七海露出生悶氣的表情。要是提出反論似乎會被極力辯解，空太便含糊地回答，並收下七海遞過來的採買清單。

「我一定會彌補你的。抱歉……謝謝你了。」

「不用了啦，這點小事。不過是經過商店街再回家而已。」

「啊……不過，我一定會答謝你的。做好心理準備吧。」

「……為什麼明明是做了好事卻被威脅了？」

「因為我想多跟美咲學姊學習。」

「青山……真的算我拜託妳，妳可別轉行當外星人喔！妳是我在櫻花莊裡的心靈寄託。」

「什麼？神、神田同學，你突然在說些什麼……我今天要負責打掃，所以……」

不知為何，七海耳朵通紅地逃回教室去了。

「青山這傢伙是怎麼了？」

空太一邊看著她的背影，一邊喃喃自語。

跟七海分開之後，空太回到教室拿回書包，便前往美術教室去接真白。美術教室裡只剩下真白，實習課的善後收拾已經結束了。

「椎名，回家了。」

「嗯。」

空太從門口出聲叫她，接著走近在教室裡的真白。

他看著畫架上的繪畫用紙，提出了單純的問題。

「妳的手指，已經不要緊了嗎？」

昨天被菜刀切到的右手食指，上面貼著畫有熊的卡通人物的ＯＫ繃。

「不痛不癢。」

「說出這種台詞的傢伙，最終都是敗給主角的命運。」

「只有那張嘴比較厲害。」

「什麼東西啊！是指我嗎？妳是用什麼眼光在看我的啊！」

「……」

「不，我知道了，別用那雙清透的眼睛看我。」

「為什麼？」

「我、我會不好意思啦！」

「那是什麼病？」

「不要隨便捏造我有病在身！夠了，快回家吧。妳的責編今天不是要過來嗎？幾點啊？」

「她說學校放學的時候會過來。」

「那樣的話，不趕快回家就不妙吧！」

「嗯。動作快一點，空太。」

「要動作快的人是妳！」

空太帶著今天也是脫線狀況絕佳的真白離開美術教室，走向鞋櫃。

「……採買就先回去以後再出來處理吧。」

得先把真白帶回櫻花莊。

「什麼？」

「自言自語。」

「明明有我在。」

「什麼意思啊！」

兩人走到一樓，在鞋櫃前跟仁碰個正著。

仁一看到空太與真白便說：

「今天小倆口感情還是這麼好，真是令人嫉妒啊。」

總之，空太不理會仁所說的話，催促著真白換上鞋子，自己也打開室內鞋櫃拿出鞋子。

「空太變成大人了，我覺得好寂寞啊。」

隔著鞋櫃的另一頭，傳來仁開玩笑的聲音。

「只要在櫻花莊待上一年，就算百般不願意也會受到精神磨練的。」

以為仁會再說些什麼，卻沒聽到他的回應。

空太把室內鞋收回鞋櫃稍等了一下，換好鞋子的真白走了過來。但是，仁卻沒出現。

空太覺得不可思議，便窺探了一下三年級的室內鞋櫃。

「仁學長？」

就算出聲叫他，他依然是一動也不動。他還穿著室內鞋，看著從信封裡拿出來像是信紙的東西。

「那、那個是？」

仁把信收回信封裡。

「該、該不會是情書那玩意兒吧？」

「嗯，算是那一類的東西吧。」

雖然對他拐彎抹角的肯定感到在意，但空太沒想到真的存在著在鞋櫃裡塞情書的文化。空太一直以為那是只存在於虛構裡的幻想。

「覺得在意的話，要不要看看？」

「咦？不，我不方便看吧。」

「真白好像也很感興趣的樣子，如果不跟任何人說的話就無所謂啊。」

真白果然很感興趣，從空太背後露出臉來，凝視著情書。

「那、那麼，就稍微看一下。」

空太收下白色信封，打開以愛心貼紙黏著的封口，從裡面拿出信紙並且攤開來。這一瞬間，空太張大嘴，就這樣僵直住。

薄薄的紙上寫著姓名、住址、本籍、父母姓名等資料，還仔細地蓋上了章。

在姓氏欄註記著「三鷹仁」與「上井草美咲」的紙張開頭，清楚地寫著「結婚登記」。

昨天美咲說到市公所去，看來似乎是為了拿這個。

空太謹慎地折起放回信封裡，把結婚登記書還給仁。

「恭喜您結婚了。」

「恭喜，仁。」

「兩位的笑話都不好笑喔。」

就連仁的臉都僵了起來。熱情的手法終於達到這個階段了，外星人真是可怕。把天生的行動力與積極全力投入戀愛的美咲，已經變成為了對仁的愛而活的怪物。

「我暫時不回櫻花莊了，拜託你啦，空太。」

仁疲累的背影如此說著，一個人先從出入口走了出去。

「……美咲學姊做得太過頭了吧。」

不過，即使做到這種程度，仁還是巧妙地避開了美咲的感情，繼續避免正面對上。仁的迴避能力也實在高竿。

「學弟！」

「嗚哇！」

空太正在思考事情的時候，某個柔軟的生物突然爬上他的背。空太承受不住而跪了下來。

「啊～請放開我，美咲學姊！」

就算空太發出慘叫聲，兩手摟住他脖子的美咲還是不肯放開。壓迫背部的豐滿存在感十分驚人，落在脖子上的呼吸又有相乘效果，理性就快要飛到別的地方去了。再加上還有一股彷彿要融化的甘甜香味。

「仁剛剛說了什麼？」

「咦？」

「鞋櫃裡愛的信件啊！學弟不也看了嗎？」

「……喔、不對，所以妳一直在偷看嗎？」

「嗯，就從那邊的鞋櫃後面。」

美咲像是要把空太推出去般，精神飽滿地跳了起來。空太拍去膝蓋上的灰塵站起身來。

「好像是嚇了一跳吧……」

「我也嚇了一跳。」

真白說出自己的感想。

「嗯～……這也不行嗎？」

美咲罕見地發出了鬱悶的聲音。

「仁為什麼沒辦法理解我是認真的呢……」

美咲的目光彷彿追著已經看不見的仁的背影，凝視著遠方。

「就算告訴他我的情感……也總是被當成在開玩笑……」

空太什麼也說不出口，只能輕咬下唇。

「好，接下來要試著更大膽！喔～～！」

美咲往上舉起拳頭。

下次到底打算做什麼呢……雖然空太覺得送出結婚登記，已經是走到最終的一步了……

「熊的毛結成團～～熊～～」

美咲哼著謎樣的歌曲，精神抖擻地離開了。

出入口的地方只剩下一片寧靜。

「椎名。」

「嗯？」

「我們也回去吧。」

「嗯。」

將七海交代的採買往後挪，空太與真白兩個人經平常上學的路線回到櫻花莊。

他帶著些微緊張的手勢，打開了外面的信箱。「來做遊戲吧」的結果通知差不多該寄到了，但信箱裡卻是空的。

空太同時感到灰心與放心。這時，有人的腳步聲在後面停了下來。

「午安。」

空太回頭看，站在那裡的是擔任真白的責任編輯、二十多歲的女性——飯田綾乃。給人輕柔印象的淺黃色及膝裙，加上成套的上衣外套，肩上揹著稍大的托特包。微微帶著捲度的頭髮，隨著行禮蓬鬆飄逸。

「啊，午安。」

這是第三次跟綾乃見面了。夏天跟製作喵波隆的時候都曾造訪櫻花莊，所以彼此見過面。

平常形象總是穩重的綾乃，今天的表情格外僵硬。

「綾乃……」

真白看來有些不好意思。

「那個，站著說話不方便，請到裡面坐。」

空太走在前面，催促著真白與綾乃。他在玄關脫了鞋子，幫綾乃拿出客人用的拖鞋。

「謝謝。」

「妳們要怎麼討論？如果覺得寬敞的地方比較好，也可以使用飯廳。」

即使空太這麼說，綾乃只是無言地看著真白的右手。

「啊，似乎是好得差不多了。」

因為真白什麼也沒說，所以空太便開始幫腔。

「這樣啊。那麼，我也想確認一下原稿，可以到椎名小姐的房間嗎？」

「……我知道了。」

緊跟在真白後面，綾乃也上了樓梯。空太在一樓目送她們。如果是工作，就沒有空太插嘴的餘地，跟過去也很奇怪。

反正大概還得花點時間，就先出門採買好了。空太這麼想著，回到房間打算把制服換成便服，這時口袋裡的手機響了。

畫面顯示出家裡的電話。大概是妹妹優子吧。

「喂。」

空太接了電話，接著對方便以驚人的氣勢說道：

『人家聖誕節禮物想要哥哥喔！』

一如往常妹妹優子滔滔不絕地說著。事到如今也不可能聽錯聲音，況且會稱呼空太為哥哥的，全宇宙只有妹妹優子一個。今天大概也因為寂寞而打電話過來了。

為了要讓始終不肯脫離哥哥的妹妹有所成長，空太決定稍微使一下壞。

「您找哪位？恐怕是打錯了喔。」

空太捏著鼻子改變聲音，以大人的口氣應答。

『咦？啊、對、對不起！對不起！很抱歉！』

優子慌慌張張，道了幾次歉之後，便掛掉電話。

過了一會也沒再打來。空太心想今天可能放棄了，正打算闔上手機時，鈴聲又響了起來。

「嗯？有什麼事嗎？優子？」

『怎麼辦？哥哥！發生了怪異的現象！我明明是用已登錄的號碼打給哥哥，剛剛卻是接到了其他人那裡耶？』

「喔～～原來有這樣不可思議的事。大概是住在電話線裡的妖精工作發生了失誤吧。」

『哥哥，請妖精要好好工作喔。』

「瞭解了。下次我會轉告的。」

『我才不會被這種謊言給騙了！仔細想想就知道，剛剛那個是哥哥嘛！』

「啊，被發現了嗎？」

『人家優子好歹也早就知道大人的社會是充滿欺瞞的了。』

「這樣啊，優子已經變成大人了呢。那麼，妳今天有什麼事？」

『我發現了驚人的事實喔，哥哥。』

「真的嗎！那可真是很驚人啊。」

『人家根本什麼都還沒說～～！自從跟哥哥分開，已經過了一年八個月了，哥哥從來就沒有打電話給優子過喔？一次也沒有！優子剛剛發現了這件事，所以決定要向你說教！』

「因為沒事啊。」

『大受打擊！沒有就想啊！』

「浪費電話錢。」

『最近哥哥好冷淡。』

「如果妳要說這些，能不能下次再說？我現在正在跟監中，沒有空。」

『跟監什麼東西？』

「妳應該要吐槽『要說的話，應該是忙碌中吧』！」（註：日文中跟監與忙碌只差一個音）

這麼單純沒問題吧？不，應該說是遲鈍吧……明年就升高中了，但精神年齡好像還很小。

『反正！因為哥哥很冷淡，我的心冷得凍傷了，所以聖誕節禮物渴望收到哥哥！』

「還渴望！總覺得妳的角色變了喔。話說回來，妳收到我打算做什麼？」

『要度過美好的夜晚！』

「被老爸聽到就麻煩了，請不要太大聲說這種話。況且，我聖誕節可能沒辦法回去。」

有百分之百的機率，真白會在期末考全部拿零分而得補考吧。然後，空太的寒假應該會跟暑假一樣，在她補考通過前沒辦法放假吧。

補考本身只要讓真白記住正確解答就好了，因此幾乎不必耗費勞力，但需要有人接送她到學校，這點應該是可以確定的。

『過年呢？寒假會回來吧？』

「嗯？啊啊……說得也是。該怎麼辦呢？」

雖然很想回福岡老家，但要是這麼做會有個很大的問題。不，或許該說得帶個非常大的行李回去才行。

那是暑假的時候……空太向千尋說要回老家的時候。

——你要回家的話，就把真白一起帶回去。

千尋一臉認真地這麼說。最可怕的是，她的眼神不是在開玩笑，完全是認真的。

『哥哥？你有在聽嗎？』

「啊啊，抱歉。剛剛稍微思考了一下人生。因為我還得照顧貓，要回去可能有困難。」

『那個藉口我夏天就聽過了！』

「不，就算到了冬天，狀況也不會有所改變吧。」

『沒問題的！貓會在暖爐邊圓滾滾地窩著。』

「妹妹啊，我聽不懂妳的意思喔。」

『反正！寒假一定要回來喔！不回來的話就要結婚喔！』

「應該是說要絕交吧！而且，我們還是有血緣關係的親兄妹！」

『其實並沒有血緣關係的設定已經快要出現了喔！』

「看來我教養妳的方法有了很大的錯誤……抱歉了，妹妹。」

『就這樣說定了喔！你會回來吧？』

「我會積極正面地考慮的。先這樣啦。」

『啊、等一下……』

空太闔上手機，結束通話。

「……妹妹啊，妳到底打算走偏到哪裡去啊？」

話雖如此，至少跨年確實是想在老家度過。該怎麼辦呢……問題還是在真白身上。不，也許真白會回英國，跟父母親一起度過新年也說不定。遙遠海洋的另一端，也還有朋友麗塔在。

「那傢伙還有漫畫連載呢……」

空太考慮到這點，就覺得還是有困難。感覺今年似乎會在櫻花莊跨年……

「算了，先問椎名要怎麼做，之後再來決定就好了。」

空太這麼想著，迅速地換好衣服。

因為跟優子講電話，花費了不少時間。商店街的店家都在傍晚五、六點打烊，所以不能再繼續這麼悠哉了。

空太從掛在衣架上的制服口袋裡，拿出七海所寫的採買清單走出房間。

在玄關穿鞋子的時候，綾乃一個人從二樓走了下來。後頭並沒有真白要下樓的跡象。

「說教已經結束了嗎？椎名呢？」

「開始畫原稿了……」

綾乃之所以會露出有些困惑的表情，大概是因為想說的話還沒說完，真白已經進入集中精神模式了吧。

「那傢伙的手指真的不要緊了嗎？」

她在下午學校的實習課時似乎也握了筆，所以想來她的手指已經沒事了。但是如果是關於畫畫，不管多麼亂來的事她都做得出來。

「我很嘮叨地確認過這一點，應該是不要緊了。因為她說既不會痛，也沒有什麼不協調的感覺。」

「這樣啊……」

「你認為我是恐怖的編輯，硬要逼她畫嗎？」

「啊、不是，如果聽起來有這樣的意思，我向妳道歉。」

綾乃露出柔和的笑容，彷彿解釋著剛才的話是開玩笑。她脫掉拖鞋，換上高跟鞋。

「咦？妳要回去了嗎？」

「看她那個樣子，應該能在今天完成原稿吧。」

「這樣啊。」

「……」

空太思考了一下後把視線轉回來，發現綾乃正盯著自己看。

「有、有什麼事嗎？」

「空太，可以耽誤你一點時間嗎？」

「咦？我嗎？」

「有幾件事想請教你……啊，不用那麼緊張。」

「那麼，因為我接下來要去商店街買東西，在往車站的路上邊聊可以嗎？」

「嗯。這樣就夠了。」

空太與綾乃並肩走在緩坡道上。綾乃的腳程意外地快，大概是因為自己習慣了真白的緩慢，所以才會這麼覺得吧。

「我想聽聽你真實的意見。」

「喔。」

「空太覺得最近的椎名小姐如何？」

「覺得如何是指……」

「比方說，像是變漂亮了啊、變可愛了啊、想要抱住她啊，如果能讓我聽聽你的感覺，我會很感激的。」

「妳希望我說什麼啊……」

「先不開玩笑了。」

「……請不要一臉認真地開玩笑！我差點就要說出真心話了！」

「嗯～～失敗了嗎？要是再拖延一下，說不定就可以聽到高中生真正的心聲了。」

「這也是開玩笑的吧？」

「啊，這是說真的。」

這就是大人的從容嗎？難以捉摸而令人困擾。

「不過妳提到最近的椎名，是怎麼一回事？」

「嗯～這個啊。」

綾乃嘟著嘴思考著。嘴唇上大概是塗了什麼吧，富有光澤且閃閃發亮。她性感的雙唇再次打開。

「第一次見到椎名小姐的時候，她是藝術家的表情。」

「……」

「眼神清澈透亮。我還記得跟她面對面坐著的時候，有種不可思議的感覺。明明是看著我，卻又好像沒有注視著我……不食人間煙火的感覺讓我印象非常深刻。」

「我跟她第一次見面的時候，也是這樣的感覺。」

雖然空太是誤認了真白的本質，覺得她看起來像是纖細而柔弱、易碎，一定要好好保護的對象……

「可是現在……雖然很少見，但椎名小姐會露出普通女孩子的表情。」

「普通的？」

「空太不這麼認為嗎？」

「我……」

確實，最近覺得真白有種不協調的感覺，但是並沒有深入思考是為什麼。就算思考了，也會覺得既然對象是真白，當然會無法理解，所以也不太在意。

「我覺得……有點不一樣……不，應該是完全不一樣……那個，看著現在的椎名，總覺得有種靜不下來的感覺。」

空太尋找著適合這無形情感的字眼，慎重地挖掘出自己現在真正所想的事……

「總覺得很不舒服……不對，應該說是不愉快？好像也不是這樣……只是，那個……讓人有些焦躁。」

啊啊，對了。看著最近的真白所感受到的，是本能性的焦躁。就算被問為什麼，也說不出理由。但就是覺得現在的真白弄錯了什麼。

「這真是寶貴的意見。」

「那傢伙以前腦袋裡好像只有漫畫，其他東西都不重要，現在卻突然說要做料理，真的很奇怪，以前不是這個樣子的。有時候還會什麼都不做只是發呆而已……或者該說是覺得現在的椎名不是真的椎名……」

越把感覺說出口，原本輕微的焦躁就越是在空太內心抬起頭來逐漸長大。

「就空太看來是這個樣子嗎？」

「飯田小姐不是嗎？」

「這個嘛，我反倒覺得現在的椎名小姐很普通。」

「咦？」

就空太而言，這實在是令人意外的回答。

「希望你聽了不要誤會……因為我覺得真正奇怪的是她一直以來的樣子。」

「這……確實是這樣沒錯。」

「所以，我有些迷惘。」

「對於現在的椎名嗎？」

「是的。一直以來只知道學畫的椎名小姐，透過像是普通高中生的體驗，去了解什麼是『普通』，我認為這是非常重要的。但是，如果因為這樣導致椎名小姐失去特有的不食人間煙火的世界觀，說不定會扼殺了作品特性。我會想著這些不該是編輯應該思考的事，雖然覺得是自己想太多了。以她所擁有的才能以及至今的經驗，應該不會因為價值觀稍微改變而有所動搖。」

「我大概……能夠理解。」

雖然真白的才能應該是與生俱來的，但是能夠敏銳到世界通用的等級，無庸置疑是從小就在「繪畫是理所當然」的生活環境裡，以及本人堅強的意志與努力的結晶，是經年累月腳踏實地的結果。而現在這結果盛開綻放了，跟臨時抱佛腳或臨陣磨槍是不同的。不論是感性或技術，都是真白將至今從學畫當中所吸收的，化為自己的血肉，所以不會輕易就失去。

「空太覺得如何？」

「覺得如何是指……」

「喜歡哪個椎名小姐？不過，看來應該會出現不管哪個都喜歡的回答吧？」

「妳、妳在說什麼啊？」

「害羞了，真可愛。」

綾乃就像在逗弄空太般笑了。

「我、我覺得……比起現在的椎名，以前的椎名讓我比較安心。」

聽到空太的回覆，綾乃收起了笑容如此問道：

「安心嗎……為什麼？」

「見識過一次椎名的厲害以後……覺得不妙，出現了我也應該要做點什麼的心情，畢竟還是會被這種壓倒性的存在所吸引。椎名不會動搖的堅強，大概是我的理想吧……」

「原來如此，所以看到竟然對其他東西產生興趣的椎名小姐會感到不安啊。也因此才會覺得焦躁。」

「那是……」

綾乃說中了連空太自己都沒察覺的事，使得他反射性地想找藉口，卻沒辦法繼續說下去。

「然後，年輕人就往長滿荊棘的道路去了嗎？」

「那是什麼？」

「這種年輕人只想追求理想的單純，讓已經是輕熟女的我覺得很揪心。」

「飯田小姐還很年輕啊？」

「這種天生女性殺手的發言不適合空太。」

「我並沒有那個意思！請不要把我跟仁學長混為一談。」

「啊～確實能從三鷹身上感受到魔性的力量。不過，原來如此……說得也是。」

看來綾乃似乎是自顧自地理解了什麼。

「妳說的『原來如此』是什麼意思？」

「在櫻花莊這個似乎很有趣的地方，大概很難完全不受到影響吧。我也想度過像你們一樣的高中生涯呢。」

「……我把話說在前頭，櫻花莊可是問題人物的巢穴喔。」

「那真是令人害怕啊。」

「確實每天都不會無聊，但是不推薦。」

「人總是想強求自己沒有的東西。」

這時，空太與綾乃終於來到藝大前站。

「啊，對了。忘了很重要的事。」

正要前往剪票口的綾乃停住腳步，接著走回站著目送她的空太身邊，從托特包裡拿出一張Ａ４紙。

最上面寫著「尾牙派對通知」。

日期是下個月二十四日，聖誕夜晚上七點開始，似乎是在都內飯店的活動大廳舉辦。空太看到這個，強烈地感受到真白是職業漫畫家，胸口便一陣刺痛。剛剛才追求真白無所動搖的堅強，但是像這樣直視她的堅強，內心又會受傷。空太自己也很矛盾，不過，這就是現在沒有半點虛假的空太。

「我忘了拿給椎名小姐，可以幫我交給她嗎？」

「啊、好的。」

「稍後我也會打電話告訴她，請轉告她務必要參加喔。」

「喔。」

「總編也一直嚷嚷著想見椎名小姐。這正好是個好機會。」

「我知道了。確實如此。」

「那麼，謝謝你告訴我這麼多。」

綾乃揮著手穿過剪票口。看不見她的背影之後，空太便前往商店街去採買。他將尾牙的通知單折好以後，收進口袋裡。

結束採買工作的空太，雙手抱著東西回到櫻花莊時，天已經完全黑了，星星也露出臉來。

他手上還抱著東西，看了外面的信箱，發現已經看慣的「來做遊戲吧」電玩公司的信封。

他先在玄關放下東西，再衝回信箱拿出信封。

等不及回到房間，空太已先在玄關粗魯地撕開信封。

一張薄薄的紙。

還不知道是合格還是不合格。不管是哪一個，都只有一張紙。

他攤開折成三折的紙。

還沒讀完全部的內容，空太就將紙揉成一團。

——非常遺憾，本次未能入選……

「可惡！」

空太用頭敲著玄關的大門。還是不行。

他咬著牙根，緩緩地嚥下焦躁。在不斷落選之中，空太接受結果的方式也逐漸有了改變。

剛開始只是單純覺得不甘心，把這不甘心轉為原動力，下次再繼續努力。隨著次數增加，

對於為什麼會不順利的疑問逐漸膨脹。到了現在，在覺得不甘心之前，情感已經焦躁地失控。

就算遷怒也沒有用，結果就是一切。而且，這結果的原因全都在空太身上。只能正面接受，並且活用這次的經驗。

先冷靜下來吧。空太想把揉成一團的結果通知單攤開來，卻因為太用力而弄破了。這種小事又讓煩躁更加劇烈。

空太把落選通知單亂七八糟地揉成一團丟著。即使這麼做了，心情也完全沒有變得舒暢，只是對於自己做出這麼孩子氣的事情，感到更加厭惡罷了。

這時，真白從廚房走了出來，大概是聽到聲音了吧。

「空太。」

一看到真白，空太的眉頭皺了起來。因為在制服上套著圍裙的真白，雙手分別拿著菜刀跟小黃瓜站在那邊。

「妳在幹什麼？」

一瞬間情緒高漲。

「料理。」

「原稿呢？」

即使自覺話中帶刺，空太卻沒辦法停下來。

真白的目光當中帶著緊張。

「弄好了。」

「就算是這樣，妳又在這裡做什麼？」

因為過剩的煩躁，令空太緊握住拳頭。

「料理。」

「妳忘了昨天就是因為這樣受傷，搞得沒辦法繼續畫原稿了嗎！」

「……」

「萬一手指又受傷，而且不是一兩天就能好的話要怎麼辦啊！」

他的身體完全被憤怒所支配，已經無法控制自己。

「我會小心。」

「開什麼玩笑！給我專心在漫畫連載上！」

「原稿已經好了。」

「如果是以前的妳，一定會做得更多！一定會致力於提高水準吧！」

「……」

「像妳這樣被允許畫畫的人，不要做出偷工減料的事！」

「如果你……」

「想要取代妳連載的人可是多得很！」

「如果你要說這種話……」

「怎麼樣？」

「如果你要說這種話，就從我的心裡滾出去！」

雖然不懂她的意思，但這句話已經足以奪走空太的思考，因為這是第一次。這是第一次聽到真白發出聲嘶力竭的聲音……

「都是空太的錯。」

「我不懂妳的意思……什麼跟什麼啊……」

「滾出去。」

「都問妳那是什麼意思了！」

「不知道。」

「妳真的是亂七八糟！」

「因為我不懂這種情感。」

「那到底是什麼啊！」

「告訴我……」

「我會知道才有鬼！」

「告訴我，空太！」

被真白毫無動搖的雙眸凝視著，空太什麼話也說不出來。

這時玄關的門被打開，千尋發出無精打采的聲音回來了。

「唉～～今天真是白累了……嗯？你們在玄關做什麼？」

空太剛脫了鞋子；真白手裡拿著菜刀與小黃瓜，也難怪千尋有這樣的疑惑。

「沒經過我的許可在這裡吵鬧什麼？不先好好報備，我可是不會放過的。」

「請不要從別人的不幸吸取能量。」

空太冷冷地說。不過，千尋根本不當一回事。

「我才不想管你們。不過，真白妳暫時不准碰尖銳物。」

千尋俐落爽快地脫了鞋子，從真白手上拿走菜刀跟小黃瓜。

「千尋，我……」

「因為妳並不普通，所以不用那麼焦急。」

能夠這麼大言不慚地說出口，是因為身為教師的關係嗎？還是因為她是真白的表姊呢？

不，總覺得是個性造就的技術。

「……我知道了。」

真白心不甘情不願地順著千尋，沒對空太說任何話，就這樣上樓消失在二樓。

「神田，你很礙事，不要在這裡一臉白癡樣，趕快回房間去吧。」

空太已經完全失去跟旁若無人的千尋頂嘴的力氣。

——如果你要說這種話，就從我的心裡滾出去！

因為他滿腦子都在想剛剛把感情表現出來的真白。

「到底是怎麼回事啊……」

4

這天夜裡，空太放棄了原本打算要念的程式，只是躺在床上看著天花板。

不理會偶爾過來玩鬧的貓，只是一直想著自己與真白的事。

「遷怒別人嗎……」

空太覺得並非如此。不論企劃甄選的結果如何，自己就是無法原諒搞不好會再受傷，卻仍執意要做料理的真白。

雖然可能有比較好的說法，但是關於這次的事，絕對是自己比較正確。

「我不會道歉的。」

這次絕不打算妥協。

正因為實在是看不慣真白的行為。

總覺得自己似乎被瞧不起了。真白好像並不瞭解每天畫漫畫畫到睡著，努力之後獲得回報的價值。為什麼不好好珍惜能在雜誌上連載的機會呢……雖然是不同領域，但真白確實擁有空太想要的東西。

即使現在想起來，還是感覺就要嘶吼暴跳起來。

「學弟，浴室可以用了喔。」

美咲從外面呼喚著。

「啊，好。」

空太回應以後坐起身來。這時，口袋裡發出紙被擠壓的聲音。

他心想著是什麼而拿出來，原來是綾乃交代的尾牙派對通知單。忘記交給真白了。

空太再次大略看過內容。上面寫著十二月二十四日晚上七點開始，在都內飯店舉行。

這時正好有人敲門。

「神田同學，你在嗎？」

是七海的聲音。

「在啊。」

感覺她有些戰戰兢兢地打開門。

「你現在有空嗎？」

七海露出臉問道。

「沒問題啊。」

「嗯。」

七海簡短地回應後走進房裡，之後也好好地關上門。

「謝謝你今天幫我去買東西。」

「妳專程過來就是要說這個嗎？青山還真是認真啊。」

「這也有，不過還有另外一件事。」

「什麼事？」

「這個，你可以陪我一起去嗎？」

七海遞出的是之前仁給的戲劇門票。這似乎是極難到手的稀有東西，但是就對於舞台劇不甚清楚的空太而言，不太懂這個的價值。

「有兩張呢。」

「幹嘛變成敬語？」

「如果我自己一個人去，會多一張。」

「是啊。」

「我、我也找不到其他可以一起去的人……」
「那真是孤單啊……」
「神田同學，你從剛才開始就一直在抓我的語病。」
「抱歉……我今天個性好像很糟。」
「……發生什麼事了嗎？」
「也沒有到發生什麼事的地步……」
其實根本就豈止發生了什麼事，但因為空太沒自信好好說明自己的感情，於是扯了謊。不過，既然生活在一起，就算保持沉默，遲早還是會被知道的吧……
「雖然總覺得聽不太懂，不過算了。這個戲是在下個月的二十四日。今天你幫我去採買，之前也常代替我做值班工作，所以我想請你吃個飯，當作答謝。」
「答謝什麼的，就不用那麼在意啦。」
「那麼，到底怎麼樣？」
視線向上看著空太的七海問道。
「好啊。」
「咦？」
「為什麼那麼驚訝？」

「因、因為是那個二十四日耶？跟我有約沒關係嗎？」

「今年美咲學姊大概想跟仁學長一起過節吧。椎名也因為出版社的尾牙不在，至於赤坂，大概只把不用上課的二十四日認知為寒假的第一天，所以沒問題啊。」

「嗯、嗯。」

「況且，要是待在櫻花莊，可能會被迫陪那個企圖詛咒聖誕節的千尋老師，那就慘了。」

「這樣啊。」

「沒錯。」

「那就這麼說定囉。」

「喔喔。」

「一定喔。」

「如果妳這麼無法信任我，要不要打勾勾？」

「……要。」

「呃，我是開玩笑的啦。」

「要。」

今天的七海好像不太一樣。她真的伸出了小指，空太也無可奈何，只能把小指勾上去。跟班上女同學這麼做，總覺得有些不好意思，也相當緊張。

「說定了。」

「嗯，說定了。」

勾在一起的小指終於鬆開來。七海在離開房間之前，一直用另一手握著那根小指。

到了明天，十一月也結束了。空太看著房裡的月曆才發現，原以為還很久的聖誕節，意外地已經迫在眉睫。

但是很不可思議，空太並沒有意識到，還剩一個月今年就要結束的事實。

第四章
在聖夜裡

1

「學弟！我有事要找你商量！」

「這樣啊？」

「我已經風雨無阻地嘗試了許多作戰計畫，但是仁還是完全不懂！」

「……這樣啊。」

「你覺得接下來應該要怎麼做？」

「這個話題，能不能等我從廁所出來以後再繼續？」

沒錯，這裡正是櫻花莊的廁所。在狹窄的個人空間裡，空太正與美咲面對面。

想脫褲子也不能脫。

「等不及了！現在已經是分秒必爭的狀態了！」

「我的膀胱也是在分秒必爭的狀態了！」

「人家已經沒辦法再忍耐了！」

「我說，我也已經到了忍耐的極限了！夠了，請趕快出去！」

只要在櫻花莊生活，像這樣的事不過是家常便飯。如果每次都要提出告訴，光是判決就要花上三年的時間。

花了十分鐘終於說服外星人的空太，得到了個人空間原來的使用方法，完事後走出廁所。

「唉。」

他一邊嘆氣一邊在廁所洗手。轉開水龍頭流出的水很冰冷，指尖微微刺痛的感覺，告知現在已經是冬天了。

今天是十二月十日，會變冷也是理所當然。來到這個時間，期末考將在今天結束，今年也剩下沒幾天了。

今天早上格外冷冽，吐氣變成白霧，也看到許多戴著手套、圍上圍巾、穿著大衣，裝備齊全的學生。

太陽西下的現在氣溫更低，走到走廊上就感受到木質地板的涼意，赤腳走在上面需要一些勇氣。縫隙吹進寒冷的風，對於破爛公寓櫻花莊而言，充滿試煉的季節已經來臨。

空太不斷喃喃說著好冷，正要到二樓去聽美咲說想跟他商量的事情時，眼角餘光發現了一個人影。

停下腳步確認。站在空太房門前的，是穿著睡衣的真白。並沒有特別在做什麼，只是呆呆地站著。如果是之前，她根本連門都不敲，就會不由分說地直接進房間裡去。最近她的樣子實在怪怪的。

空太不論是對於原因、契機或者是時間都十分清楚。那是在真白因為菜刀而受傷的隔天發生的事。即使責任編輯綾乃來訪，還被再三警告，真白仍執意挑戰料理，空太便跟她吵架了。那就是原因，也是契機。

即使現在已經過了將近半個月，空太還是無法拭去那個時候的疙瘩。為了畫漫畫，現在可不是受傷的時候，所以覺得無法原諒不珍惜自己手指的真白。

——我並沒有說錯什麼。

這個想法一天比一天強烈。

「椎名。」

空太出聲叫她，她有些驚訝地把頭轉過來。

「怎麼了？」

「……想吃年輪蛋糕。」

空太沒回應便走進飯廳，從收在冰箱上的年輪蛋糕裡拿出一個，遞給從後頭跟上的真白。

真白沒有馬上吃，只是拿在手上，一副想說什麼的神情看著空太。

「還有什麼事嗎？」

「謝謝。」

「……沒什麼。」

「……空太。」

「幹嘛？」

「你在生氣嗎？」

「……沒有。」

「騙人，明明在生氣。」

「沒有。」

「……」

真白的表情看來並沒有釋懷。不過，她也沒再繼續問。

「對不起。」

「對不起什麼？」

「……」

「不知道就別道歉。」

「因為，空太在生氣。」

「我都說我沒在生氣了！」

大概是因為音量突然變大，使得真白退了一步。她拿著年輪蛋糕，逃也似地離開了飯廳。

「要是用那張可怕的臉對她大小聲，不管怎麼看，都像是在生氣喔。」

真白走出去之後，緊接著進來的是仁。他穿著襯托出好身材的短外套及窄管牛仔褲，脖子上圍著圍巾。看來似乎是正打算要出門。今天是星期五，大概是去賽車女郎鈴音那邊吧。

文化祭一過，仁就完全恢復外宿帝王的本色，開始過著糜爛的生活。現在每週能回來一次就算是不錯的了。

「……現在的我，在仁學長眼裡是什麼樣子？」

「如果我說看起來個性很惡劣，你就滿足了嗎？」

「我自己也這麼覺得……真的是個性惡劣……但是，我無法接受。椎名自己希望成為漫畫家，並且還得到了雜誌的連載機會。當她出現那種沒能理解其中價值的行為時……不覺得她把別人當笨蛋嗎？」

「那是空太擅自這麼覺得吧。」

還以為仁會同意自己的意見，沒想到他卻乾脆地這麼回答。

「你覺得無心做事的人，會抱著玩玩的心態每天畫漫畫畫到睡著嗎？你覺得這樣的人會不惜放棄已經在國際上獲得評價的繪畫，而來畫漫畫嗎？這些事，空太應該最清楚吧。」

確實如同仁所說的。

「……但是，現在的椎名完全莫名其妙啊。」

「既然你這麼想，那不是應該知道該怎麼做了嗎？」

仁從冰箱裡拿出水倒在杯子裡，接著一飲而盡。

「那是什麼意思？」

準備出門的仁，在與空太擦身而過時，把手放在空太的肩膀上，以輕浮的態度說道：

「試著去理解吧。」

「你的意思是我錯了嗎？」

「我是指去理解你自己都沒發現的情感。」

「咦？」

「這半個月來你一直在氣的，是針對身為漫畫家的真白認真的程度吧？」

「……」

「反過來看不就是想支持她的心情嗎？如果是以前的空太，看到現在正在煩惱、思考或迷惘的真白，反而是會覺得放心吧。」

「我……」

真的如同仁所說的嗎？沒有自信，現在還覺得真白的才能很刺眼，有時甚至感到痛苦。這一點，從四月真白來到櫻花莊以來，一直沒有任何改變。

所以，不能就這樣對仁的話含糊了事。

「反正，好好相處吧。」

仁揮揮手，從玄關出門去了。飯廳裡只剩下空太無法完全理解的情感。

——試著去理解吧。

空太反芻仁所說的話。

「要是辦得到，就不用這麼辛苦了……」

目送仁離開後，空太為了美咲要商量的事來到二樓。第一間２０１號室就是美咲的房間。門上掛著寫有「我的房間」的牌子。不愧是外星人，世界以自己為中心轉動著。

但是，這樣的美咲也有不盡如意的事。那就是今天要討論的事情。老實說，空太覺得美咲根本就找錯商量對象了，但也不能置之不理。既然對象是美咲，就算空太拒絕，她還是會一直糾纏空太到他接受為止吧。

「明明就不是聽別人煩惱的時候……」

空太嘆著氣發牢騷。

「神田同學，你在上井草學姊的房門口做什麼？」

背後突然傳來聲音。七海以看著可疑人物的眼神走上樓。看來外面相當寒冷，七海的臉頰有些泛紅，似乎是剛結束打工回來。

「……看起來像是在做什麼？」

「人類不應該有的行為。」

「才不是！」

「不然是什麼？雖然因為要照顧真白才逼不得已，不過，基本上二樓是男性止步的喔。請不要忘了這一點。」

「……因為美咲學姊要找我商量事情。」

「商量？」

空太看著七海的臉，想到了一個好主意。

「啊，對了。青山，妳現在有空嗎？」

「有空但是沒空。」

「為什麼！」

「因為好像會被牽連進去。」

真是敏銳的洞察力。不，應該是在櫻花莊這個環境下所萌生的防衛本能吧。

「美咲學姊的問題已經到達不是我能解決的次元了！拜託妳！」

「我覺得那也不是我能解決的次元。」

「拜託啦！」

空太兩手合掌膜拜七海。

「如果只是一起聽她說，倒是無所謂。」

「太感謝了，青山。」

「而且，我也有事要拜託上井草學姊。」

「要拜託她？」

「……對神田同學是絕對機密。」

「被妳這麼一說，就讓人更想知道了。」

「比起我的事，神田同學還有其他該做的事吧？」

「企劃書我每週都有做，也在學習程式。」

結果不甚理想，企劃書屢戰屢敗，程式也是幾個月都無法突破一個癥結點，始終在原地踏步……即使如此，空太仍然有進步的地方，雖然只有一點點，但空太已經漸漸能夠回顧之前做的企劃書了。實際上現在正在製作的企劃書，就是以書面審查曾經落選的節奏動作戰鬥遊戲的創意，再自行進行分析並重新思考。

「我不是在說那個。我是說真白。」

「那個……我很清楚。」

空太也一直在思考，不能不想辦法。而且宿舍的氣氛也越來越不好了……

「那就好……」

在兩人進行這些對話的時候，２０１號室的門從裡面打開了，美咲探出頭來。

「啊，小七海，妳回來啦！」

「……我回來了。」

七海有些不好意思地回應。

「那麼，就讓我們趕快來徹夜討論吧！」

「不、不，請簡潔扼要！」

「沒問題的！因為我已經準備了營養飲品了！」

美咲拿出來的是文化祭時喝過、可以到達極限另一端的靈藥。喝完之後情緒立刻高漲，感覺甚至能飛上天，但是恐怖的副作用是，藥效過了以後會有三十六個小時醒不來……

空太表示再也不想靠那個營養飲品幫忙，便進入久違的美咲房間。

一樣的原畫用紙堆，偏寬的桌上有三面液晶顯示器，以及螢幕一體的桌上型電腦。放置在腳邊的ＰＣ主機共有四台，邊桌上擺著印表機跟掃描器，乍看之下完全不像女高中生的房間。

不過在對面的牆邊，掛著大量適合美咲且十分可愛的衣服。房間的左邊跟右邊呈現出完全不同的世界。

「來、來。坐下來，坐下來！」

美咲這麼招呼，空太於是在床上與七海併肩坐著。他與隔壁的七海目光對上，七海乾咳了一聲，跟空太稍微保持了距離。

「您就那麼討厭我嗎？」

「……我覺得這樣是男女之間適當的距離。」

筆直看著前方的七海，像優等生般挺直了背。而在視野前方的美咲則坐在桌子前面，拿著鉛筆在複寫台的原畫用紙上揮灑。從旁邊偷看了一下，似乎是正在畫女高中生。

「那麼，你們覺得要怎麼做才能把心意傳達給仁知道？」

美咲這麼問的同時，手仍然動個不停。似乎是打算一邊進行原畫作業一邊談話。她畫完了一張，又立刻拿起下一張。

「這樣啊。首先要先確認目前的狀況吧。學姊至今執行過的作戰計畫有哪些？」

「便當告白大作戰。」

用鮭魚碎片跟雞鬆在白飯上排成「喜歡」字樣，然後交給仁的作戰。

「那個，完全不被當一回事呢……」

雖然當時空太也在現場，但是仁連一點驚訝的感覺也沒有。

「接著是鞋櫃的情書作戰！」

「結婚登記書的那個嗎……」

「結婚登記……是指那個結婚登記嗎？」

七海一臉不可置信的表情。

「就是那個結婚登記喔。只要向公所提出，就算是結婚了的那個東西。必填欄位已經填妥，印章也都蓋好了，現在只差提出去的程序而已喔。」

「……唔哇。」

七海一副已經不知道該說什麼的樣子，發出了聲音。

「如果這種程度就感到驚訝可就輸了喔，青山。說到美咲學姊啊，她可是在今年仁學長的生日時，把自己捆上緞帶當作禮物的勇者喔。」

「……原來真的有這種人啊。」

「前一年，聽說是用奶油點綴裝飾自己，要讓仁學長把自己吃掉。」

雖然那個時候，空太還住在一般宿舍，這段話是聽仁說的……不過恐怕完全沒有被加油添醋吧。倒是仁考慮比較多，所以描述得較含蓄的可能性還比較高。

「其他還做了些什麼事？」

七海心驚膽戰地提問。

「我想想喔～～昨天是進行了把他叫到校舍後面的告白大作戰。」

「結果呢？」

「他說『天氣太冷了，回教室去吧』！」

被漂亮地敷衍了。

「還做了把他叫到體育館後面的告白大作戰！」

「還是問一下好了。結果呢？」

「他說『我睏了，回教室去吧』！」

被完全地敷衍了。

「另外，也做了叫他到樓頂的告白大作戰！」

「他對妳說『肚子餓了，回教室去吧』嗎？」

「你好清楚喔，學弟！」

看來在空太不知道的時候，美咲似乎做了很多事。前一陣子仁才說過最近的美咲很有幹勁……實際狀況就是這樣。

「……也就是說，三鷹學長全部都有聽到吧？」

「嗯。」

「但是結果還是……」

「我已經盡力了，但結果還是很令人遺憾喔！」

七海喃喃低吟著「嗯～～」，陷入了思考。

「……我覺得三鷹學長應該已經知道上井草學姊的感情了。」

「他以為全部都是在開玩笑的！妳覺得我應該要怎麼做？」

七海再度沉思。

「做個讓他沒辦法當作開玩笑的衝擊性告白之類的？」

「也只有這個了……只能用連仁學長的敷衍技術都無法迴避的方式，正面衝突……」

空太與七海做出同樣的結論。

「比方說？」

話雖如此，確實有困難。到目前為止，美咲已經採取了好幾個最終手段。然後，全都被仁給閃避掉了。半吊子的方式不管用。

在拚了命思考對策的空太面前，美咲的原畫作業大概是暫時告一個段落了，只見她打開電腦，把剛剛畫的東西掃描進去。

接著再以專用軟體連續播放，不知何時已經編入了動畫，製成線條畫狀態的卡通了。

「好厲害……」

在一旁看著的七海，率直地發出驚嘆。

「是啊。」

空太也點頭同意。雖然還沒上色，但是登場人物的動作十分流暢，彷彿是有靈魂一樣。沒想到仁在夏天才寫好的劇本，這時候已經能夠做到這種程度了。

「這是劇本嗎？」

七海撿起一疊掉落在腳邊的Ａ４紙。

「是仁寫的喔。」

美咲很開心地說著空太與七海都已經知道的事。

「動畫大概已經做到一半了，要看嗎？」

空太與七海沉默地同時點點頭。

美咲來回看著播放的線條畫卡通，以及七海翻著的劇本，由動作與台詞的感覺，掌握故事的氣氛。

故事舞台是在以多雪聞名的北國。一到冬天，街上就會被白雪覆蓋，幾乎快被掩埋了。

在這城鎮土生土長的一對高中生男女，是主要的登場人物。兩人是青梅竹馬，升上三年級以後便開始交往。而這個告白場景就是故事的開端。

片段描述著開始交往之後的兩人，不經意的日常生活。

早上，男孩與前來找他的女孩一起上學，對昨天在電視上看到的話題聊得很開心。

在學校的課堂上，光是偶然的四目相交，都會讓彼此笑出來而惹得老師生氣。即使被班上同學冷嘲熱諷「打得太火熱」，兩人也對此樂在其中。

中午一起在樓頂上吃便當。雖然抱怨著好冷，兩人也不會想回到校舍去。

放學後，在圖書館做作業的兩人，中途就厭倦了念書，在外面開始了雪球大戰。最後玩到累了，便躺在雪地上看著星空。

——我們要一直在一起喔。

兩人如此約定。

但是過沒多久，男孩便表示想考東京的大學；女孩則是更早以前就說要留在本地。

空太正想著之後會變得如何，這時線條畫卡通的影像突然中斷了。

「目前只到這裡。如何？」

就算被問及感想，空太也沒辦法立即做出反應。沉重的情感重壓在肩膀和胃上，即使開口也說不出話來。

這跟以往仁所寫的劇本以及氣氛不同。最早是科幻作品，之後的作品也不是現代的故事，以影像而言都是屬於較為華麗的劇本。

對照這些作品，這次主軸在人物纖細的心情描寫。而且，這顯然是會讓人聯想到仁與美咲的故事，所以空太忍不住動搖了。

美咲的高水準作畫，更加重了胸口的痛楚。登場人數不多，把焦點全集中在男孩與女孩身上，更添加了表情以及動作呈現的極高精度。眼角小小的表現、眼眸的動搖、眉毛的動作……這些都精確地畫出來，讓角色的特寫鏡頭即使連續播放也不會間斷。而且，通常可以使用靜止畫的部份也全都會動，就算是微小的動作，也會覺得因為有了這個動作而讓世界活了起來，彷彿聽得到角色的呼吸或心跳。像這樣對於心情仔細的描寫，誕生出了不曾在卡通裡看過的表現。光是看著就會起雞皮疙瘩。

「我開始期待作品的完成了。」

「我也……覺得這是目前為止最棒的作品。」

「這個完成了之後，也會上傳到動畫網站嗎？」

「會啊。」

美咲帶著天真爛漫的表情回答。

「不過我覺得畫質可能會變差。因為我把這個做到即使在電影院播放都沒問題。」

美咲沒有一絲猶豫，筆直地朝向自己所相信的東西。做想做的東西，完成之後，為了讓更多人看到而將檔案上傳到動畫網站。這樣單純的想法支持著美咲的作品。

「學弟，還有小七海。」

「什麼事啊？」

「什麼事？」

「……我要使出最後的手段，希望你們協助我。」

美咲露出不同於往常的奇特表情。
「最後的手段是？」
「……這我不能說，學弟。」
「喔……那我們該做些什麼？」
「聖誕夜那天，讓我跟仁獨處。」
「咦？那、那是指？學姊，妳該不會！」
「等一下，神田同學！」
「啊，抱歉。應該說，對不起。我不會問細節的。」
只不過兩個人在聖誕夜裡獨處，實在是太別具深意了。
「那天我跟青山要去看舞台劇所以不在，椎名要出席出版社的尾牙，剩下就是赤坂跟……千尋老師了吧。」
既然想也沒用，就用手機傳簡訊給龍之介。二十四日是結業式，住宿生當中也有當天就要回老家的學生。
——你現在有空嗎？
接著立刻收到回信。這麼說來，對方恐怕是女僕吧。
——有事請簡單扼要地説明，我正忙著撲殺最近對龍之介大人伸出魔爪的外國產害蟲，沒有

鬧工夫搭理空太大人的胡言亂語。您今天這時候過得還好嗎？正在進行女性激烈爭吵的女僕敬上

似乎來了個很可怕的回信。

——赤坂聖誕夜會待在櫻花莊嗎？還是會回老家？

這次的回信稍微花了一點時間。但其實不過是一秒變成十秒的差別而已。

——那個一身紅白的老爺爺，不斷從煙囪非法入侵別人家也不會構成犯罪的日子怎麼了？

如同預想，主人大人降臨了。

——你對聖誕節的認知也太奇怪了吧！話說回來，你不回老家嗎？

——那當然。

——可以告訴我為什麼是理所當然嗎？

——我是為了脫離那個家，才選了有學生宿舍的高中，為什麼還得依自己的意志回去不可？

——你不想回去嗎？為什麼？

對了，好像沒聽說過龍之介到水高來的理由。

——我不回老家。只要有這項事實，神田你就應該可以滿足了吧？

——嗯，話是這麼說沒錯……反正，聖誕夜希望你暫時離開宿舍。為了美咲學姊。

——我已經掌握你想說的事了。我會妥善處理。

空太闔上手機，收進口袋裡。

「赤坂同學說什麼？」

「他說會妥善處理。再來就剩千尋老師了。雖然大概會被她唸個幾句，不過應該總會有辦法的。」

空太想儘速處理掉麻煩事，於是站起身來。

「那麼，那邊就拜託你了。」

七海依然坐著這麼說道。

「……妳不跟我一起去嗎？」

「因為我有事想拜託上井草學姊。」

「什麼什麼？小七海！第一次拜託我呢！好啊。不管是什麼我都會答應妳！」

身子往前探出去的美咲把七海撲倒。

「啊、等一下、學姊……妳、妳在摸哪裡啊？」

「胸部。」

「我不是叫妳說出來的意思……啊、真是的！快放開！」

這樣就會放開的話就不是美咲了。女孩在床上糾纏在一起實在是毒害眼睛，所以空太就適度地將畫面收進視野當中。

「兩位請慢用。」

接著說完這句話便走出房間。

先回到自己房間的空太，在１０１號室門前突然停下了腳步。地板上有東西，是還沒開封的年輪蛋糕。

空太撿了起來。保存期限沒問題，包裝上用麥克筆寫著「給空太」。

這時他感覺到視線而轉過頭去，發現真白躲在樓梯那頭偷看這裡。

視線一對上，她就像野生動物逃跑般把身子縮了回去。接著，又小心翼翼地把頭探出來，察覺到空太又在看著這邊，就逃到二樓去了。樓上傳來「啪噠」的關門聲，看來似乎是逃進房裡去了。

「那傢伙在搞什麼啊……」

「是想跟你和好吧？」

出聲的人，正是一手拿著罐裝啤酒從管理人室走出來的千尋。

「真白自己也有在想吧？可能覺得要是給你她自己喜歡的東西，說不定你會感到高興。」

「年輪蛋糕可不是什麼事都能解決的道具。」

千尋彷彿無視於空太的存在，就這樣走進飯廳，目標大概是冰箱裡的啤酒吧。不會因為冬天飲酒量就減少的千尋實在很可怕。因為要跟她說有關聖誕夜的事情，所以空太還是先跟在千尋後面。

果然正如空太所預料的，千尋一屁股坐在椅子上，津津有味地喝著冰鎮清涼的罐裝啤酒。空太隔著圓桌在對面坐下，大口吃起真白給的年輪蛋糕。

「我也不是不了解你的心情啦。」

千尋用喝醉而變得迷濛的眼神看著空太。

「自己認真起來的時候，看到在打混摸魚的人，任誰都會覺得生氣吧。更不用說對方又是身旁的人了。」

「老師，妳既然是老師，就請不要碰觸到學生不想提及的事情。」

千尋對於空太的抱怨不以為意，繼續說了下去。

「不過，你也很清楚吧？真白並不是在漫畫上偷工減料，當然也不是熱情冷卻，更不是迷失了目標。」

「……」

「她只是因為不知道該如何面對從來不曾有過的感情。你既然察覺到了就想點辦法吧。」

「既然老師都知道答案了，那就請您想辦法吧。」

「才不要～反正我的身體有一半是啤酒，另一半是由聯誼所構成的。」

看來她對於空太曾經說過的話還懷恨在心。

「況且，真白的事是你的工作吧。」

「因為我是負責照顧真白的人？」

空太無意說出被用到快爛掉的理由。

「笨～蛋，因為你是男人。」

「……」

千尋令人意外的回答，讓空太不禁沉默了。

「因為不擅常吵架，所以也不知道怎麼和好。被捲入真白這樣的步調裡，連你都不徹底表達感情的話是要怎麼辦啊？如果累積了不滿，就全部宣洩出來。能夠乳臭未乾地感情用事，就是你僅存的唯一優點了。」

「真是很悽慘的評價啊……我就沒有其他優點了嗎？」

不過確實，多少能夠理解千尋所說的話了。沒有把架吵好。自己擅自認為反正真白沒辦法理解自己的意見，所以沒有把生氣的理由好好地說給她聽。

「這樣不像個男人喔，神田。你該有的東西都有吧。」

「後面那句話很多餘啦！剛剛老師的股價好不容易才上漲了，果然還是大暴跌啦！真的是太驚人了！人一上了年紀，就會變得性別不明啊。」

「那只是你不了解女人而已。」

「請不要講得一副好像有什麼奇怪的含意！雖然不管是哪個意思都沒錯！」

「你真是大小事都要嚷嚷叫耶。啊～真是囂張啊。」

迎接了二十九歲又二十三個月的美術老師墮落了。大概是因為聖誕節接近了，第三十一次的生日下個月就要來到，所以變得神經緊繃。

自暴自棄的千尋咕嚕咕嚕的灌著啤酒。

「老師，啤酒很好喝嗎？」

「才不要～這是我的，一口都不會分給你的。」

「妳怎麼嘴饞到這種程度啊！話說回來，我還未成年，根本就不能喝！既然妳是老師，就請指摘出這一點！」

「我不想跟你喝交杯酒，成為結拜兄弟。」

「我沒有印象自己屬於妳那毫無仁義道德的文化圈！」

「我哪知道那是什麼？」

「明明是妳說的！」

剛才為了真白的事，稍微說了些像老師會說的話。不過，千尋畢竟還是千尋。這樣的人當老師真的沒問題嗎……

「……千尋老師為什麼會當老師？」

「因為我覺得這是看起來很愉快的工作。」

「我是很認真地問妳。」

文化祭的時候小春說過，千尋原本的目標是成為畫家。儘管跟同屆同學藤澤和希目標不同卻相互刺激，朝夢想邁進。

「雖然我不知道你是聽誰說了什麼，那種陳年往事我早就忘了，大概也沒什麼太大不了的理由吧。只是因為大學畢業之後不得不找工作，又拿得了教師資格，所以就變成老師了。」

「不過，妳不是為了當老師才學畫的吧。」

「……嗯，的確是這樣。確實一開始是一邊當老師一邊畫畫，心裡想著要是畫能獲得評價而變成工作就好了。」

但是，現在卻依然擔任美術老師，似乎也沒在畫自己的作品。

「為什麼現在不畫了呢？」

「誰知道呢？」

「請不要敷衍我。」

「大概是大學畢業以後，發現在這社會很難想當什麼就當得了什麼吧？」

千尋一副事不關己的口吻。

「出社會以後啊……跟學生時代不同，自己的個人時間會變極少喔……然後，就會開始把這種藉口掛在嘴邊。如果你想為未來做準備，就該趁早開始做。」

「我不是在問這個，我是在問千尋老師心境上的問題。」

空太直接了當地問了。

「唉。」

千尋大大地嘆了口氣。

「神田果然還只是個小鬼。」

「那可真是抱歉啊……如果妳能告訴我是哪個部分像小鬼，我會很感激的。」

「不把世上所有一切都用黑或白來做區分就不罷休的這點；還有相信能夠區分黑或白的人就是大人的這一點。」

「……不是這樣嗎？」

「如果是三鷹，應該已經知道了……高中生的一年果然差異很大。不過，那傢伙的情況可能也是因為一天到晚跟年紀比他大的女人交往吧。」

「……」

「就算我說了，你大概也聽不懂。還要繼續嗎？」

「請務必繼續。」

「能夠區分黑或白的東西，幾乎是不存在的。曖昧的東西創造了社會，也充斥在社會當中。本來就是這樣吧？因為世上的東西都是些還沒完成的東西，就像你的人生。如果你成為了開發者、達成了目標，雖然這不是電玩，但會因為這樣就算是破關然後開始播放片尾曲嗎？」

當然不會。

「不是吧？不是這樣就結束了吧？還要繼續個六十年呢。」

「……」

六十年。難以想像這段歲月，因為就連十年後的未來都不清楚。

「多少能理解我說的意思了嗎？」

「不要受限於眼前的事物？」

「完全不對。不過，以神田來說算是表現得不錯了。」

「……那麼是？」

「如果變成只能認同自己理想中最好形式的那種人，自己跟周遭都會變得不幸的。」

千尋彷彿訴說著自己的過去，字裡行間有相當分量的說服力。

「我並不是在說不要抱持夢想，這一點不要搞錯了。」

「好像稍微能夠理解。」

「我是在說，不要耍任性一直排斥不合自己想法的東西。否則依你的情況，會馬上變成無法跟真白在一起。」

「為什麼會扯到我跟椎名？」

「人可是會變的……你也不可能永遠是高中生。如果只是在櫻花莊裡，每天跟在這裡的人喧鬧，你是沒辦法成為自己想成為的那個自己吧？而這一點，不管是上井草、三鷹、青山、赤坂，還是真白都一樣。如果想要現在沒有的東西，有時必須去改變令人感覺愉快的關係，有時也必須離開那個覺得舒適的地方。」

千尋說的話漸漸離題，不過每一句話對空太而言都正中紅心。

「在學校裡不會變的只有老師吧。真是討厭。這個時期也似乎是三年級要畢業的時候了……但是，像這樣改變的東西，不叫做別離。」

「……是啟程。」

「沒想到你沒喝醉也能說出這種話。」

看起來跟平常沒兩樣的千尋，今天搞不好比平常還要醉，不然大概不會說這樣的話吧。

「好了，我的講課也結束了。你趕快去睡覺吧。」

空太聽了老實地站起身。

聖誕夜的事，改天再說吧。跟個醉鬼說，要是她忘了就沒意義了。

空太打算離開飯廳的時候，轉過頭去看著千尋。

「老師。」

「幹嘛？希望我再讓你更沮喪一點嗎？」

「我覺得老師也還不遲。」

雖然也許沒辦法完全像以前所希望的那樣，但應該還來得及。因為千尋的話裡感覺也有這樣的意思。

「這種事我知道，還輪不到你來說。」

「晚安。」

這次空太真的要走出去時，反而被千尋叫住了。

「神田，有件事我忘了說。」

「什麼事？我現在正想以這種不錯的感覺收尾而已！才稍微沉浸在我剛剛說得不錯的氛圍裡而已耶！」

「你過年回老家去吧。」

「咦？為什麼？」

「因為我要去澳洲玩，寒假期間監督老師不在，所以櫻花莊要封閉起來。」

「完全只是為了配合老師嘛！」

「我就是規則。」

「我要求召開櫻花莊會議！」

「駁回。包含你在內，這裡的所有人夏天也都沒回家，父母親會擔心吧。就當作是我給的聖誕節禮物兼壓歲錢，好好感謝我吧。」

「幹嘛一臉好像說了很厲害的話似的！我完全不會感謝妳！話說回來，椎名呢？她要回英國嗎？」

「福島嗎？你就把她跟貓一起帶回去好了。」

「是福岡！」

「啊～～是、是。德島是吧？」

「為什麼是留下『島』啊！」

雖然跟喝醉酒的人說什麼都沒用，但還是忍不住想吐槽。

「反正我已經告訴你了，也跟其他人說一聲吧。」

「……」

最後的最後還是被硬塞了很大的課題。空太嘆著氣回到自己的房間去了。

2

期末考一結束，之後的時間就過得很快。

對發還的考卷感到又喜又憂，真白跟第一學期一樣九科完封全部拿零分的事實真是令人感到愕然，這次也已經確定得被迫陪她補考了。

在櫻花莊裡，美咲主辦了照慣例冬天會舉辦的烤地瓜大會，再加上院子裡的樅樹已經裝飾成聖誕樹的樣子，大家一起過著熱鬧的日子。

要說跟平常不一樣的地方，只有昨天二十三日，空太一個人到隔壁城鎮的購物商場去，買了要給妹妹優子的聖誕禮物，然後寄回福岡老家這件事而已。

結果，跟真白的關係也沒有改善，感覺還是很彆扭。

唯一有變化的，就是每天真白都會在房門口放年輪蛋糕這一點。

既然是要給空太的，空太當然是每天都吃。不過因為原本是他為了真白才買來的，又曾經給了真白，所以總是有些無法釋懷。

第二學期最後一天——二十四日當天也是，在與七海去看舞台劇之前都在房裡弄程式的空太，一走出房門，年輪蛋糕已經放在那裡了。

而且，看來真白大概是到了忍耐的極限，袋子已經打開，並且被咬了一口。

空太把它送到嘴邊，同時看了時鐘，時間已經來到下午四點。

太陽西下，西邊的天空已經完全被染成紅色。但是今天還有事沒做完。為了讓真白出席出版社主辦的尾牙派對，要在與責任編輯綾乃約好的時間之前，把真白帶到等待碰面的地方。

之後，空太再與提早結束打工的七海會合，然後去看舞台劇。幸運的是，尾牙跟舞台劇都在同一個車站附近，所以幾乎不費什麼工夫。

舞台劇結束後與七海吃飯，之後再打發時間，然後去接結束尾牙的真白，再稍微晃一晃，大概十二點左右回到櫻花莊。

千尋因為聯誼不在……預計會是這樣。龍之介則是早早就預約了商務飯店，打算就這樣悶在裡面。因為他已經出門了，所以房間應該是空的。

至於仁，空太則是對他扯謊，在跟七海看完舞台劇以及真白的尾牙結束後，稍晚會在櫻花莊辦聖誕節派對。仁已經出門去買蛋糕了，現在不在。等他回來的時候，空太等人已經出門，這麼一來，美咲與仁就應該能夠兩人獨處了。

「……總覺得開始覺得緊張了。」

雖然主角並不是空太，但他一想到兩個三年級生的事，心跳就不斷加速。

他又看了一次時鐘。

差不多該準備跟真白出門了。

空太上了二樓，在２０２號室門外對著裡頭出聲。

「椎名，該準備了。剛剛已經幫妳拿換穿的衣服了吧？」

接著，門從裡面被打開。

「啊……」

空太看到真白的模樣，只是張大了嘴僵住。

真白穿著禮服。那是件及膝洋裝，簡單而不招搖，正適合真白。在看起來很冷的脖子上，圍了像緞帶的圍巾成為一個重點。

「怎麼樣啊？學弟！」

在真白身後的美咲跳出來。

「啊、呃……啊……」

「可愛到讓人說不出話來，這也沒辦法囉！」

美咲大概幫真白換裝了吧。

「空太？」

「……妳看起來好像穿得很習慣了。」

空太不好意思直接稱讚，便說了這樣的話。

「頒獎典禮時穿過。」

這麼說來，之前被麗塔帶去參觀的現代美術展上，照片上跟各界名人合影的真白似乎是穿著禮服。

「來，小真白，外套也要穿著！」

美咲在身後讓真白穿上大衣。外套並不很長，稍微可見禮服的裙襬，很吸引目光。

「那麼，差不多該走了。」

「嗯……」

接著，空太也迅速準備完畢。

美咲目送空太與真白沒太多對話地出門了。

出門的時候，空太在信箱裡看到已經看慣的信封。「來做遊戲吧」的結果通知。空太沒有打開來，手上帶著些微緊張，沉默地收到口袋裡。

「……」

真白想以眼神傾訴些什麼，但空太假裝沒察覺就走了出去。

往車站的路上，在紅磚商店街被熟人消遣著與真白出門的事。空太莫名流著汗，一邊隨便找藉口，一邊拚命壓抑現在就想逃走的情緒，努力地配合真白緩慢的步調。

辛苦了半天，終於從藝大前站搭上電車。之後便有一個小時的時間幾乎沒有開口，默默地任由電車晃動。

途中，有好幾次真白呼喚了他的名字。

「空太……」

「幹嘛？」

「……沒事。」

不過也只是這種對話。這段時間變得很難捱。

當中最像樣的對話，也不過就是這樣——

「空太，剛才的信封。」

「……甄試的結果。」

「嗯……你不看嗎？」

「……等一下再看。」

「這樣啊……」

如此簡短。

轉乘一次之後在目的地月台下車時，空太對於快要窒息的狀況忍不住嘆了口氣。

綾乃指定的會合地點，是在從地鐵一出樓梯的地方。就如同她所說的「出來就知道了」，一來到地面上果然就知道是這裡了。

在並排著著名外資飯店或辦公大樓的空間，冒出像公園的廣場，伴隨著噴水池的涼氣散發出濃厚的負離子。現在配合聖誕季節，周邊裝飾著顏色鮮明的燈飾，變成熱門的約會等候地點。

綾乃已經先到了，發現空太與真白，便輕輕地揮手示意。

「辛苦你了，空太。」

綾乃的套裝外頭還披著大衣。

「不，反正我也剛好有事，所以沒關係。」

「這樣嗎？那麼，我就把公主借走囉。」

「回程要怎麼辦？」

「畢竟總不能把高中生留到太晚，所以九點半在這裡等可以嗎？」

「我知道了。」

在空太與綾乃對話的同時，真白一直凝視著空太的臉。雖然空太很在意她的視線，但是覺得就算問了也只會得到「沒事」這樣的回答，便決定不開口問。

「那麼，稍後再見了。」

綾乃揮著手帶真白離開。她們的背影混在聖誕夜裡來來往往的人潮中，很快便看不見了。

一個人的空太，在七海來之前，就在寒冷的夜空下眺望著燈飾。或紅或綠、或白或藍，忽明忽滅閃爍的燈光調和，營造出幻想的景色。

燈光使得空太瞇細了眼睛，他倚靠著路燈，因寒冷而縮成一團。吐出來的氣息發白。天氣預報今天是這個冬天最冷的一天。

空太抬頭仰望，上面不見星空，而是陰沉灰暗的雲覆蓋在頭頂上。

戀人們一個接一個找到了會合的對象，帶著笑容離去。空太心不在焉地看著這幅景象，才察覺到一件事。跟女孩子約在外面，一起去看電影、一起去吃飯，不就是世人所謂的約會嗎？

——咦？這樣的話……我也是在等著約會嗎？

空太這麼想著，開始有些緊張了起來。

為了分散注意力，他的目光追逐著看似大學生的情侶，這時突然有人從背後拍了他的肩膀。他驚訝地回過頭去，對方戴著手套的手指便戳了自己的臉頰。

「我說妳啊……」

空太正想說「不要做這種不像妳作風的事」，但這句話沒能說完，反而不斷地眨著眼。頭髮直順地放下來、身穿紅色大衣的女孩子，眼眸中閃爍著期待與不安，目不轉睛地看著空太。

「妳是誰？」

「是我！青山七海！」

「抱、抱歉……因為覺得有些意外……」

下半身是三層荷葉邊的短裙，腳上踩著靴子，腿的部分沒有穿絲襪或內搭褲。跟平常所見的七海完全不同。

「……果然很怪嗎？」

不知道是不是因為把平常紮成馬尾的頭髮放下來而感覺不自在，七海一直在意著後頸部。

「因為感覺很不一樣，所以嚇了一跳……」

「……哪裡不一樣？」

「我想想……」

七海露出了緊張的神情。這份緊張感空太也感覺到了。

「這樣的青山也不錯。」

「真的嗎？」

「不過，總覺得有點像美咲學姊。」

「這些全都是跟上井草學姊借來的。」

大概是因為揭曉了謎底而感覺比較沉穩下來了，七海露出了平常的自然笑容。因為這樣，空太的緊張也獲得相當的舒緩。

「因為想讓神田同學稍微吃驚一下。」

「……我確實是嚇了滿大一跳的。」

「那麼，算是大成功囉……還好有努力過……」

「咦？」

「我是說開演的時間差不多了。」

「喔，那得趕快走了。」

「嗯。走吧。」

七海拉著空太的手肘往前走去。雖然空太差點失去平衡，但他還是立刻走在七海旁邊。

接著，兩人開心地聊著成績單或貓咪等不甚特別的話題，前往目的地劇場。

3

舞台劇晚間七點開演，約一個半小時結束。

座位是在二樓前列的中央。這個劇場平常也有音樂或搞笑的現場表演，視野非常良好。演員的臨場演技所帶來的魄力與熱能強烈地傳了過來，肌膚所感受到的興奮，不同於看電視或電影。

因為是喜劇，可以放鬆心情欣賞，也給人帶來好印象。

以對償還借貸感到煩惱的三人組，努力想辦法籌錢為故事主軸。他們所想出來的辦法是欺騙借錢給他們的有錢人，再把騙來的錢拿去償還。最後是三人組為了欺騙對方，到處花了很多錢，反而增加了債務的愚蠢結局。

登場人物很少，演員也只有四個人，但每一個場景都製作得很用心，充滿了吸引力。

彷彿在告訴大家，即使不花費在大規模的布景、莫大的製作費以及人員上頭，一樣能做出有趣的東西。這也讓人獲益匪淺。

途中空太偷看了一下七海的樣子，發現她一臉認真地看著演員的演技看得入神。即使如此，有好笑的場面時，也會跟著空太一起笑出來。

大概因為很認真欣賞，一個半小時的時間很快就過了。

四位演員對觀眾的掌聲深深鞠躬，雖然臉上露出疲憊，但卻滿溢著成就感。空太對於那不是演技，而是將心裡真正的感覺表現在臉上感到印象深刻。

掌聲在閉幕後過了十分鐘才停止。配合還沉浸在餘韻中訴說著感想的觀眾群，空太與七海也走向出口。

已經到了出口處，這時移動的速度突然變慢了。即使如此，兩人還是撥開人潮，往劇場外跨出一步。

這一瞬間，天空降下白色雪花，落在頭頂上。

「才想著變冷了……」

「好棒……下得滿大的呢。」

七海從包包裡拿出折疊傘撐開來，彷彿示意要空太拿著一般向他遞過去。

「我拿嗎？」

「因為讓你跟我一起撐傘，做點事是應該的吧。」

「超有說服力的。」

「是吧？」

空太撐著接手過來的傘，與七海並肩走著。接下來預定要去吃飯。

「……神田同學，今天謝謝你陪我出來。」

「不用道謝啦。舞台劇也很有趣。」

「嗯……」

之後，兩個人也聊著對舞台劇的感想，避開人多的馬路，在雪中走向要去的店家。

「今年也要結束了呢……」

「是啊。」

「……還有兩個月。」

七海懇切地說著。

「兩個月？什麼事？」

如果是今年只剩一個禮拜，而今年度則還有三個月（註：日本的學校年度或會計年度是每年4月1日至隔年3月31日）。

「二月有個決定能不能隸屬事務所的甄選。」

「啊啊，訓練班嗎？」

「嗯。」

兩個月，好像很長卻又很短。畢業典禮也是在三月上旬，所以實際上三年級生留在櫻花莊，大概也只剩兩個月又多一點。

「好好加油啊……不過，這不是該跟已經很努力的傢伙說的話。」

「我有好好努力嗎？自己不太清楚。」

「青山一直很努力。這我可以保證。」

「嗯……不過，說得也是。也只能努力了……」

七海凝視著遠方的天空。

那張側臉看來有些寂寞。

「還是會覺得不安嗎？」

「因為甄選會就只是盡自己所能，倒也沒那麼不安。不過，有讓我覺得擔心的事。」

「擔心的事？」

「如果沒能進事務所，家人要我回大阪去。」

「咦！那麼，聲優的事也是？」

「當然。」

「妳說過妳父親很反對……原來是認真的。」

「嗯。所以絕對要考上。」

「……明年，學校呢？」

「就算隸屬事務所，還是能繼續念水高喔。不過前提是，沒因為突然爆紅而工作忙碌。」

「喂喂，妳不想走紅嗎？」

「因為我想念完高中。雖然我不太願意去想，不過要是沒能考進事務所……要回大阪就得轉學了吧。」

「轉學……至少待到高中畢業不就好了嗎？」

「神田同學，你認為我會落選嗎？」

「當然不是那樣，可是……」

「可是？」

「應該是……窄門吧？」

「……是啊。原來訓練班的編制是六十個人。這兩年發生很多事，少了六個人，所以還剩五十四個人。在這當中，平均每年只有三、四個人會合格。」

「這數字比想像中還少呢……」

倍率是十倍以上。

「因為並沒有確定的人數，所以有些年度還會錄取比較多人喔？不過相反地，也有錄取更少人的情況。」

「……最終還是取決於實力？」

「就是這麼回事。」

唯有這點只能接受。在這世上並不是光有想要成為什麼的想法，就一定有辦法……這一點，七海應該已經很清楚。就算這一次的甄選能夠隸屬事務所，並不表示就是終點。之後，還要努力往上爬，跟現在活躍的聲優們並駕齊驅，得到角色。而這會一直持續下去。

「神田同學。」

「嗯？」

「我要是不在了，你會寂寞嗎？」

「不要說這些話。青山一定可以的。」

「你是憑什麼這麼說的？」

「沒有。」

空太乾脆地斷言。

「這種時候這麼有男子氣概要幹嘛？」

「不過，說得也是。如果通過了，青山就是聲優了……」

「該說是新手，或者該說是還不成熟吧。就算隸屬事務所，還是有等級之分的。」

「等級？」

「以我念的訓練班來說，參加二月的甄試，首先是事務所保留，就像見習生一樣。」

「喔。」

「如果能夠得到認同，就晉升為Junior。」

「Junior？」

「大概算還是新手吧？然後，在Junior期間，如果能夠得到工作並做出成果，就會晉升為準所屬、正所屬。」

「是這樣的結構啊。之後要走的路還很長呢。」

「不過，只要能夠從事聲優的工作，身分如何根本不重要。看電視的幾乎都是不認識的人吧。所以，我覺得只要能得到工作機會，就能夠努力了。」

「說得也是。」

對話在這時暫時中斷。

空太為了不讓雪落在七海身上，把傘往右邊傾斜過去。

在等待紅綠燈的時候，七海再度開口。

「我說神田同學。」

「嗯？」

「如果人家通過甄試……可以隸屬事務所，神田同學，你願意聽人家說話嗎？」

七海的側臉神情看來很認真，無法指正她變回關西腔了。

「有什麼話，我現在也可以聽啊？」

「現在不行。」

「為什麼？」

「現在說了，就會不知道該怎麼辦。」

「……這樣嗎？」

空太不太瞭解意思，只能含糊地隨聲附和。

「因為我現在想專注在這上面……不想後悔。」

「我知道了。我答應妳。」

「嗯，謝謝你。」

「那麼，店家在這附近嗎？」

「啊，應該沒錯……」

恢復成東京腔的七海，從大衣口袋裡拿出地圖。兩個人仔細端詳，確認周圍的建築物。就這樣在尋找店家招牌的同時，空太的手機響了。

是真白。現在應該正在參加尾牙。空太感到有些意外，接了手機。

「椎名，怎麼了嗎？」

『空太？我是飯田綾乃。』

又是意外的發展，空太發出了「咦？」的聲音。

「為什麼會是飯田小姐？」

『對不起。椎名小姐不見了。』

「什麼！」

『我去洗手間的時候，她就從會場消失了……聽飯店的人說，她好像是走出去了。』

「為什麼！」

『這我也不知道。你有什麼頭緒嗎？』

真白可能會去的地方……怎麼想也不可能會知道。

「我現在距離飯店很近，我也去找找看！」

『拜託你。我也會再去找一圈，有什麼消息再跟你聯絡。』

「好的。」

空太帶著嚴肅的表情闔上手機。

「那傢伙到底在幹什麼啊？真是會驚動別人。」

「真白怎麼了？」

「聽說從尾牙會場不見了。而且好像還走出了飯店。」

明明是個在陌生的地方就百分之百會迷路的人。就算在知道的路上，真白還是會迷路。

「青山，不好意思……」

「吃飯的事等一下再說。走吧，不是要去找真白嗎？」

七海先往飯店跨步跑了起來。

空太從後頭追上，與她並肩一起跑，並且立刻收起妨礙跑步的傘。空太想著就算下雪應該也不會被怎麼淋濕，而且真白應該是不會帶傘的。

在尾牙會場的飯店周圍巡了一圈，還是沒找到真白。這三十分鐘內雪越下越大，腳邊也開始些微地積起雪來。

為了尋求氧氣而吸入肺部的空氣相當冷冽。用力一吸氣，鼻子深處便傳來一陣痛楚。

「沒看到真白耶……」

七海的臉頰泛紅，很痛苦似地肩膀上上下下喘著氣。

空太看到這情況，先停了下來環視周圍。他確信如果在視線範圍內，應該立刻就能找到。

「開始積雪了。」

空太幫七海把頭上的雪撥掉，再度跑了起來。

七海微微低著頭，也從後面跟上。

想不出來真白會去哪裡。因為這裡是陌生的地方。

「神田同學，你要去哪裡？」

「總之，我先去今天走過的地方看看。剛才會合的那個廣場。」

空太一邊注意避免滑倒，一邊小跑步穿過十字路口。這時，突然傳來救護車的聲音。在停下腳步的空太面前，救護車閃著警示燈呼嘯而過，接著在二十公尺前人群圍觀的地方停了下來。大概是發生車禍了吧。

空太全身有種不祥的預感，嘴裡莫名地乾渴，左胸隱隱作痛。

「不會吧……」

空太被湧上來的不安引導，跑了過去。

「啊，神田同學！」

空太氣喘吁吁，腳步滑溜地衝進救護車所在位置的人牆當中。

腦中不斷重複著「不是、不是。」終於，他來到了人群的最前方。

敞開的視野中，撞破護欄衝上人行道，並且衝撞大樓外牆而前面部分凹陷的深藍色轎車映入眼簾。似乎是因為雪而打滑，輪胎在雪上留下了豪邁的滑行痕跡。

疑似是駕駛的男性幸好只受到輕傷，還很難為情地回答警察的詢問。沒有行人受到波及。

「搞什麼……嚇死人了……」

「神田同學！」

空太聽到稍遲一些才過來的七海緊張的聲音。

「沒事，跟椎名無關。走吧。」

「我再去看一下飯店那邊。」

「我知道了。找到再跟我聯絡。」

空太與七海先一起回到剛才的十字路口，在那裡各自往左右分開。

獨自一人的空太，走進了商業區一角的噴水池廣場。

原本閃耀的燈飾已經關閉，大概是節省能源的一環吧。可能也因為這樣，這裡漆黑而安靜，也沒有跟任何人擦身而過。

空太吐著白色氣息前進。

在已經停止的噴水池前沒有真白的影子，根本連一個人影也沒有。空太拍掉頭上的積雪，緊咬著下唇，正在思考接下來要去哪裡找，就發覺噴水池另一端有人的氣息。

「椎名？」

空太如此叫喚著，那邊的影子稍微動了一下。空太全力衝刺繞過噴水池。

只見真白抱著膝蓋，坐在邊緣的階梯上。她只穿著色調溫和的禮服，一身單薄的打扮……

「笨蛋！妳在幹什麼！」

真白緩緩地抬起頭來。

「啊……空太。」

聲音因寒冷而顫抖。

「這個，給你。」

但是，真白卻一如往常，很珍惜似地把雙手捧著的小盤子遞過來。在積了一些雪的盤子上，擺著切得厚厚的年輪蛋糕。大概是從尾牙會場拿出來的吧。

「妳在說什麼啊！」

空太慌張地脫下厚絨呢外套，披在真白身上。他為了趕快幫真白取暖，用雙手隔著外套搓著她的身體。

「因為很好吃……所以也想讓空太吃。」

真白顫抖著已經變色的雙唇，凝視著空太。

「妳是為了這個才從飯店跑出來的？」

「嗯。」

「……」

空太隱藏不住困惑，一臉嚴肅地沉默了。

「你生氣了嗎？」

「……妳到底在想些什麼啊？」

真是莫名其妙。

「因為空太……」

「我怎麼樣了？」

「空太……最近一直在生氣。因為空太生氣了……我有好多話想說，空太卻總是露出嫌惡的表情……因為我不想這樣，所以一直在想要怎麼樣才能讓空太高興。我不知道該怎麼做。對麗塔也是這樣……我……不知道。我不知道該怎麼做，空太才會覺得高興，大家才會覺得開心。」

像潰堤般傾訴著的真白臉上沒有表情。就如同她說自己不知道該怎麼辦，也不知道現在該呈現出什麼樣的表情。

「所以，這個……」

真白再次把小盤子遞過來。

「空太……這個。」

她的雙手筆直地伸過來。

「我……只會這麼做。」

「……」

空太沉默地伸出手，胸口彷彿被撕裂開來。不知不覺間，自己已經把真白傷得這麼深。

空太用手撥掉真白頭上的雪，之後又伸向年輪蛋糕。入口的年輪蛋糕帶著些許甜味，但是已經冷到嚐不出味道了。

「好吃嗎？」

「很好吃。」

「太好了。」

真白微微地露出放心的表情。但是，一抬頭看到空太嚴肅的神情，立刻又恢復成原來的面無表情。

「空太，你在生氣嗎？」

「我沒有在生氣。」

這是謊言。從那天起空太就一直感到煩躁。對於沒有集中精神在漫畫上的真白，在內心某處抱持著無法釋懷的情緒；也對於想要和好而窺探著空太的真白感到火大。然後，今天也是……

「回飯店……尾牙會場去吧。」

空太為了讓真白站起來而牽住她白皙纖細的手，這時他的視線朝向腳邊。一看才發現，真白沒有穿鞋子，大概是掉落在某處了。

「妳的鞋子！腳會冷吧！」

「空太……果然在生氣。」

空太沒有回答，把真白拉起身之後背對她，硬是把她揹在身上。他用力撐住雙腿站起身來。真白比想像中有確實的重量，所以稍微感到放心。不過，她的身體冰冷，讓空太些微的安心又瞬間消失無蹤。

「空太……」

真白在耳邊小聲說著。

「幹嘛啦？」

這簡短的字句裡帶有空太的煩躁。

「……空太在生氣嗎？」

「沒有。」

「聲音在生氣。」

被這麼說著，空太閉上眼睛，深吸一口氣。

「我是在生氣。」

他彷彿緩慢地吐氣般，說出毫無虛假的話。

背上感覺到真白的身體因緊張而緊繃，身體發抖的原因一定不是因為寒冷。即使如此，空太還是覺得非說不可。

因為溫柔與莫不關心是不同的……

之所以會這麼生氣，是因為一直很在意真白的事，一直很擔心她。空太認為應該要讓真白知道這件事。

即使會因為這樣而讓空太被討厭。

「突然莫不吭聲就消失了，會讓人擔心的耶！」

「……因為突然想見空太。」

「那邊發生了車禍，我還在想椎名該不會受到波及了……我還以為自己的心臟會停掉！」

「……」

「妳了解嗎？」

真白緊緊地抓住空太，空太理解這是真白的痛楚。是空太讓她受傷的，但是，如果在這裡罷手就沒意義了，必須好好地說清楚。空太的心裡也同樣難過。

「妳要有自覺，椎名。」

「……」

「雖然這次的事……我覺得我也有錯……」

「空太？為什麼？」

終於了解最近感覺焦躁的真面目，其中有一半是對自己感到生氣。

「其實我應該更早說出來的。」

把情感累積在心中，不願與真白面對面，因為反正真白不會理解……什麼也不說，只是要求真白能夠理解。

不說就無法傳達出去，特別是無法讓真白了解。這種事應該早就知道了。早就很清楚如果只是普通地說出口，真白是不會懂的……

既然要吵架，就應該要吵得好一點。

「椎名應該要更有自覺。」

「……」

「手指受傷就不能畫漫畫了。既然在雜誌上連載，理所當然應該要愛惜手指。現在也是，沒穿外套就到外面來，身體變得這麼冰冷，要是弄壞了身體病倒了要怎麼辦啊！」

「那是……」

「如果妳是職業漫畫家，這些地方就該要多注意點！」

「……」

「我會阻止椎名做料理，也都是因為這個緣故！」

真希望自己可以更機伶、更穩重地傳達出情感或想法。希望能夠這樣。但是，因為不知道那種文雅高尚的方法……只能用難聽的字眼，露出不像樣的醜態，以及土裡土氣的方法，把心裡所想的事全部說出來。

即使因為這樣而彼此受到傷害，這也一定不會是白費工夫。雖然相互說出想說的話，心裡可能會不太舒服，但是只要在這之後和好就好了。

像這樣一點一點的，即使笨拙，只要能逐漸了解對方就夠了。因為如果完全沒有背負著傷口，是無法成為大人的……想要這樣慢慢變成大人。

「……」

「椎名也是，有什麼想說的就儘管說出來吧。」

空太催促著一直保持沉默的真白。耳邊只傳來呼吸的聲音。

「全都是空太害的。」

「……妳之前也這麼說呢。」

「我經常在思考……空太的事。」

「……」

「然後，就想嘗試看看了。」

「嘗試什麼？」

「像美咲對仁那樣，我也想幫空太做便當。」

「……」

「以前從來不會這麼想。」

真白比剛才更用力地抓著空太。

「我自己也不太清楚。」

「……」

「為什麼會變成這樣呢？」

「……」

「以前明明……沒有過這樣的事。」

就連空太也已經知道這種感情是什麼了。

但卻完全不知道現在這個時候該說些什麼。空太從很久以前，就已經對自己在意著真白有所自覺。當知道真白搞不好會回英國的時候，自己的情感變得更加明確。希望有天能夠告訴她這份感情，不管會有什麼樣的結果……

現在這個時機可以嗎？

真白擁有身為耀眼畫家的才能，也在漫畫的領域逐漸開花結果。相較之下，從自己開始動作以來，連一步也沒往前進。

實在不認為自己配得上真白。雖然她就在身邊，卻有肉眼看不見的差距。而且是無止境的差距……

如果沒有至少完成一件什麼事，就無法把自己的心意說出口。即使是小小的成功也好，這樣多少能夠成為勇氣。

「……」

空太緊咬著下唇，正在尋找詞彙的時候，突然想起某件事。

——下次突破企劃甄選書面審查的時候，再跟真白談談機場的事吧。

文化祭最後一天，自己這麼決定了。

空太重新揹好真白，從褲子口袋裡拿出一個信封。

「空太？」

空太沒有回答，用嘴咬開信封，裡頭有一張紙。空太單手攤開來確認內容，立刻就知道結果了。

彷彿在咀嚼著眼前的事實，空太露出了苦笑。

「哈哈。」

發出了乾笑聲。

這世界沒有那麼順利的，不會讓自己如願的。在緊要關頭能轟出全壘打的，只有為了這一

歡真白，因為自己不允許。

「空太……」

「幹嘛？」

在耳邊被呼喚名字的難為情，還有為了隱藏剛剛的害臊，空太發出有些生氣的聲音。就算這樣，真白的身體已經不再緊繃，不知道是不是被空太的體溫所溫暖，已經不再那麼冰冷。

「我……會加油的。」

「我也不會認輸的。」

「嗯……」

真白在背後點點頭。

「兩位打算一直這樣到什麼時候？」

這時傳來很熟悉的聲音。

空太驚訝地回過頭去，看到一臉不悅的七海。

空太以揹著真白的姿勢站著。

「那個，青山。」

「什麼事？」

「妳說『到什麼時候』……妳從什麼時候就開始看了？」

七海察覺說那句話是自掘墳墓，於是別開視線。即使如此，她還是加以反擊。
「大概是從如果被別人聽到，神田同學就會想死的地方開始的吧。想知道嗎？」
「請容我婉拒……」
「空太。」
「幹嘛？有什麼還說不夠的嗎？」
「……結果怎麼樣了？」
「咦？」
「遊戲的。」
「啊啊，那個啊，妳看。」
空太把結果通知單遞給背上的真白。真白在空太面前把紙攤開，七海從旁邊探頭看。
「這是……」
目光追逐著文字的七海，以眼神表示出驚訝。
——神田空太先生您好，謹敬祝您身體健康。感謝您參加本次蔽公司所主辦的遊戲企劃甄試活動「來做遊戲吧」。敝公司已拜見您參賽的書面資料，希望您能夠在發表會議上，針對個人的企劃內容進行更詳細的說明。因此，要勞煩您在百忙之中抽空於以下的時間，前來指定的地點。
謹啟。

沒錯，結果是合格的。剛才已經先看過的空太當然知道這件事。但是，就算被告知通過了書面審查，空太內心並不滿足。沒辦法准許自己，也無法稱讚自己。雖然也感到高興，但並沒有到想跳起來的程度。四個月前就曾經通過書面審查了，所以並沒有前進，不過是終於得到了像惡夢般被牢記的報告復仇機會而已。

更何況，在文化祭的時候已經品嘗過更大的喜悅了。無法忘記那個幾乎讓人起雞皮疙瘩的熱情與快感。因為已經看到更前方的東西……空太自行違反了文化祭最後一天所決定的規則。

雖然不知道這是不是正確的選擇，但是為了不讓明天的自己對今天的自己感到後悔，空太現在悄悄地將早已在內心深處萌芽的情感掩蓋起來。

那麼，要走到什麼地步，才能認同自己，才會滿足呢？

這完全無法知道，在抵達那個地方之前一定是無法知道的。所以，只能往前走，並相信那個地方是存在的……

「太好了，神田同學。」

「啊啊。還願意當我報告的練習對象嗎？」

「那當然。」

「我也會幫忙。」

「那麼，去向飯田小姐道歉，今天就回家吧。也去買個蛋糕。」

「說的也是。店家的預約時間早就過了……回櫻花莊去，大家一起吃吧。」

七海表示同意。

「空太。」

「幹嘛？」

「我還有件事想說。」

「說吧。」

總覺得不管真白說什麼都沒問題了。

「我今天穿了決勝內褲。」

「笨、笨蛋，妳在說什麼啊！」

才剛這麼想就覺得很有問題。

「妳在說什麼啊，真白！」

也難怪七海會動搖。

「是空太喜歡的粉紅色。想看嗎？」

「超想看的。」

「神田同學也是，太差勁了。」

「先保留起來喔，空太。」

「超想看的。」

「不用說兩次！」

走在旁邊的七海給予空太頭部一記手刀。空太因為覺得好笑，在雪中哈哈大笑起來。

4

向綾乃告知真白平安，從飯店拿回手機跟大衣後，走在回家路上的空太等人，抵達藝大前站時，距離十二點已經只剩三十分鐘了。

在靜靜堆積的雪中，穿過無人的紅磚商店街，從熟悉的通學路上走向櫻花莊。步伐一點一滴確實地變得遲鈍。

「好重。」

「太過分了。」

結果，還是不知道真白把鞋子丟到哪去了，空太只好就這樣揹著她回來。還好電車裡還有位子可以坐，但沒想到揹著同年齡的女孩走路，原來是這麼累人的事。

手跟腳都已經累積了相當的疲勞。

「好重。」

「我才不重。」

「椎名從明天起開始減肥，不能吃年輪蛋糕了。」

「我話先說在前頭，真白在女孩裡頭可是算輕的喔。」

幫忙拿包包的七海露出複雜的表情。

當然知道真白很輕。即使如此，長時間揹著，手會開始麻痺也是沒辦法的事。

空太抱怨著，終於來到通往櫻花莊的緩坡道前。

「空太，只差一點了。」

「我知道！」

「空太。」

「幹嘛啦！」

「沒辦法啊！」

「你在摸我的屁股。」

「神田同學真是變態。」

七海以莫名冷漠的目光看著。

「等、青山小姐？可不可以不要真的給我倒退三步？」

「如果你下次也揹我，我就原諒你。」

「這樣就可以的話，現在馬上就能做了喔。」

「……現在諸事不太方便，春天……不，等到夏天吧……」

七海喃喃說著還要再瘦個幾公斤，自己一個人計算著。空太認為不要打擾到她，於是沒再跟她說話。

「總覺得這真是奇怪的聖誕夜。」

「只要再吃蛋糕就很完美了。」

蛋糕由七海拿著。剛剛在轉乘電車的車站裡，以便宜的價格把拋售的蛋糕得手。

三人聊著聊著，已經抵達了櫻花莊的門前。

在大門的外面，空太停下了腳步。

「……為什麼會黑漆漆的啊？」

「該、該不會是上井草學姊跟三鷹學長……」

七海的臉逐漸變得通紅，即使在黑暗中也看得出來。

「正忙於夜晚的工作之類的……」

「不、不可以講得那麼明白啦！」

七海小聲地用關西腔糾正。

「反、反正，我的體力已經到達極限了。我要闖進去了。」

「等一下，空太。」

「幹嘛啦！」

「我還可以忍耐。」

「因為妳不過是被揹著而已吧！我沒辦法忍耐了啦！」

空太不由分說地穿過大門，由於他的雙手都沒空，便由七海將鑰匙插進鑰匙孔。

「咦？」

七海發出了奇怪的聲音。

「怎麼了？」

「門沒鎖。」

七海把門打開，空太率先進到櫻花裝的玄關。裡面是暗的，如同從外面看到的，不管哪個房間都沒開燈。

「……」

「青山，豎起耳朵可是不太好的喔。」

「我、我才沒有！」

空太把真白放在玄關墊子上，立刻打開燈。

「嗚啊！」

之所以會發出叫聲，是因為原以為沒人的黑暗中，美咲就蹲在那裡。而且，還是只圍著浴巾的大膽姿態……

「美咲學姊？」

「……學弟。」

嘶啞的聲音，無法想像是平常活力充沛的美咲所發出來的。聲音在喉嚨深處變調，而且臉上還因為淚水而濕淋淋的。

看到抬起頭的美咲那一瞬間，空太心中一陣彷彿被刺穿般疼痛。哭腫了的眼睛、亂七八糟的頭髮、因悲傷而消瘦的臉頰……不論怎麼看，都不像是空太所認識的美咲。

站起身的美咲把臉埋進空太胸口，並緊緊抓著他。空太無法抱住她的肩膀，也沒辦法扶住她。他說不出話來，只是吞著口水……

「我努力過了……」

「學姊。」

「我……真的努力過了。」

「……我知道。」

「我覺得只能這麼做了……因為想讓仁知道我想跟他成為戀人！但是……」

「……美咲學姊。」

「但是，什麼也沒有……仁什麼也不對我做！」

「……」

「仁只是很溫柔……非常非常溫柔……可是，不對！不是這樣的！」

美咲的慟哭刺痛耳朵。自懂事以來就一直在一起的青梅竹馬，因為彼此太過熟悉，連告白都被當成開玩笑。美咲一心想讓這樣的關係更進一步，於是做了很大的賭注。但是，結果卻……

「今天……我好希望仁讓我受傷！」

之後，在放聲哭泣的美咲哭累之前，不論是空太、真白或是七海，一句話也說不出口。

時鐘的指針無聲無息地刻劃著時間，日期已經變成十二月二十五日。

雪靜靜地持續下著。

後記

第四集……第四集嗎？

想到前一部作品五集就完結，就覺得已經是第四集了嗎……但是感覺《櫻花莊的寵物女孩》還會繼續下去。

不過，人在這世上，永遠不知道明天會怎麼樣，到頭來還是當下比較重要……

那麼，未來的事就先撇開不談。

「你平常都在做些什麼？」

最近越來越常被這麼問。這是因為本身從事不容易觀察到生態的職業嗎？

既然機會難得，正想提起勁把平常的狀況說得有趣一點，不過令人困擾的是，不管怎麼改變都沒辦法成為會引人發笑的話題。

因為本身過著只會得到「喔～～」、「嗯～～」、「這樣啊」這些感想的樸實生活，如果不是偶然碰到有趣的事件，大概會得到搞笑失敗的結局，現場也會飄盪著「早知道就不問了」的氣氛。當然，我會在心中對著某人大吼「我不是早就說過了嗎！」就是了……

以上全是可有可無的話題，真是非常抱歉。現在才慢了半拍浮現出「後記是幹什麼用的啊？」的疑問。因此，下次我會認真思考的。

這種話題也先擱在一邊，我想藉由這個機會表達謝意。

衷心感謝前來參加秋祭簽名會的各位。我獲得了許多幹勁，也感謝各位的慰勞品。

如果能有多一點時間跟大家談話就更棒了。但是因為當時我拚了命在簽名，沒有那樣的餘力，真是非常抱歉。而且，那又是頗吵雜的環境……

另外，對於未能被抽中的各位，真的非常抱歉。如果有好方法能夠兼顧所有想要的讀者就好了……不過，這部分就請責編來幫忙思考吧。但前提是還有下一次才有用……

首次登場的冬季服裝……承蒙溝口ケージ老師提供可愛的插畫，萬分感謝。對於在諸多方面盡心盡力的荒木責編，在此也謹致上謝意。

那麼，下次也許會在春天見面。

鴨志田一

國家圖書館出版品預行編目資料

櫻花莊的寵物女孩 4 / 鴨志田一作； 一二三譯. ——
初版. —— 臺北市 : 臺灣國際角川, 2010.09
冊； 公分. —— (Kadokawa fantastic novels)

譯自 : さくら荘のペットな彼女 4
ISBN 978-986-237-822-9(第1冊 : 平裝). --
ISBN 978-986-237-919-6(第2冊 : 平裝). --
ISBN 978-986-287-030-3(第3冊 : 平裝). --
ISBN 978-986-287-118-8(第4冊 : 平裝)

861.57 99014691

Kadokawa
Fantastic
Novels

櫻花莊的寵物女孩 4

（原著名：さくら荘のペットな彼女 4）

2011年5月27日　初版第1刷發行
2023年10月2日　初版第14刷發行

作　者：鴨志田 一
插　畫：溝口ケージ
日版設計：T
譯　者：一二三

發行人：岩崎剛人
總編輯：蔡佩芬
編　輯：孫千棻
美術設計：吳佳昫
印　務：李明修（主任）、張加恩（主任）、張凱棋

發行所：台灣角川股份有限公司
地　址：104台北市中山區松江路223號3樓
電　話：（02）2515-3000
傳　真：（02）2515-0033
網　址：www.kadokawa.com.tw
劃撥帳戶：台灣角川股份有限公司
劃撥帳號：19487412
法律顧問：有澤法律事務所
製　版：巨茂科技印刷有限公司
ISBN：978-986-287-118-8